风生水起

廖维 著

XZCB 西藏人民出版社

图书在版编目（CIP）数据

风生生 / 廖维著. —— 拉萨 : 西藏人民出版社，2024.8

ISBN 978-7-223-07678-4

Ⅰ. ①风… Ⅱ. ①廖… Ⅲ. ①诗集－中国－当代 Ⅳ. ①I227

中国国家版本馆CIP数据核字(2024)第081757号

风生生

作　　者	廖维
策　　划	苏远尚
责任编辑	拉珍
封面设计	旦真那杰
封面题字	李维维
责任印制	扎西桑珠
出版发行	西藏人民出版社（拉萨市林廓北路20号）
印　　刷	西藏福利印刷厂
开　　本	850×1168　1/32
印　　张	12.125
字　　数	225千
版　　次	2024年10月第1版
印　　次	2024年10月第1次印刷
书　　号	ISBN 978-7-223-07678-4
定　　价	36.00元

写给敏感自己的话。

沉默是最伤的语言，也是最好的语言。

爱自己是最深沉的语言。

何来好与坏，只是人心各不同，原则和立场不同。

只会长相的人，也只能看清自己。

坦然面对，正确看待。

沉默也努力，安静的坚强。

目 录

序一

吉米平阶

在当下，融媒体、自媒体时代，每个人都可以做传媒，每个人都有向外界表达的可能。诗歌，形式上短小精悍，内容上表达自如，又因为白话口语的嵌入，使更多的人能够通过诗歌，传达自己内心的声音。“旧时王谢堂前燕，飞入寻常百姓家”，诗歌已经成为当今社会十分重要的生活内容，当然，“横看成岭侧成峰，远近高低各不同”，诗歌品质的高下，每个人对诗歌的理解，千差万别。诗歌，有的时候也成为争议颇多的话题。

廖维的诗歌创作发端于网络，落地在全国各地的诗歌刊物，有国家级的《诗刊》，也有业内翘楚《星星诗刊》等。在西藏，她是一个多产并且质量比较稳定的诗歌创作者，这么多年来，她只问耕耘不问收获，那种纯粹的创作状态，在人心浮躁的环境中，更显难能可贵。

廖维的诗，多以短章呈现，主要表达个人内心的情感、心路历程，意向纤细独特，紧紧围绕着西藏这个话题。浏览这部诗集，我把它命之为“西藏的成长”，无论是情感的困惑挣扎，还是内心的阳光强大，西藏始终是一个无声的背景，伴随着她不断地成长。比如这首《想起》，“我在西藏的梦里/还在梦着西藏/这是我栖身的高原//”《西藏的五月》，“我在台历的阶梯上/描绘西藏的五月的影子/却在阳光的七彩虹里/拾掇起西藏的四季//”《谛听》，“我不想长大，但也不拒绝成长/因为成长的美/胜过世间盛大的花朵//”。小小年纪从四川来到西藏，又从绿色的林芝来到阳光之城拉萨，她的步履清晰，有时又显得蹒跚。西藏，给了她成长的阳光雨露，也给了她“成长的花朵”巨大的空间，使她成为一个在诗歌创作上有独特风格的“西藏的存在”。

廖维的诗歌不仅仅表达自我的内心世界，也有不少反映现实、讴歌时代的篇章，比如这首《绣红旗》，“嘉兴南湖铸就的旗帜/在天安门城楼高挂/旗的海歌的洋/汇成五千年最美朝霞/没有共产党就没有新中国/十四亿和声/从南海唱到喜马拉雅//”，再比如《五颜六色》《回声》《会说话的眼睛》等。“如果我们没有相视而笑/惊动了圣地的阳光/我就不确定/这世界还有一种笑叫五颜六色//”，她敏锐的情感和细腻的笔触，写出了一种纯真而美好的笑，它超越了语言和文化的障碍，让我们共同连接起来。它可以发自内心，传递温暖和友谊；它可以化解隔阂，促进和谐团结。它是一种超越言语的语言，能够跨越界限，打开心扉，使我们更加亲近。这让我欣喜地看到，她已经跳出了“只写一己悲欢、杯水风波，脱离大众、脱离现实”的窠臼，而把目光投向了更为广大的现实世界。

习近平总书记《在中国文联十大、中国作协九大开幕式上的讲话》中指出：“广大文艺工作者要把握时代脉搏，承担时代使命，聆听时代声音，勇于回答时代课题。”“古今中外，文艺无不遵循这样一条规律：因时而兴，乘势而变，随时代而行，与时代同频共振。”作为在西藏成长起来的年轻诗人，“只有扎根脚下这块生于斯、长于斯的土地，才能接住地气、增加底气、灌注生气”，西藏翻天覆地的时代巨变，与祖国同步行进的现代化步伐，人民群众生产生活的伟大实践，是诗人取之不尽的源头活水和灵感源泉，希望廖维以这部诗集为一个新的起点，创作出更多接地气、有新意的好作品。

是为序。

序二

从句子里拽出来的痛感落在纸上

——写在诗集《风生生》前面的一些话

黎阳

小维又要出版诗集了，想让我写个序言。我本想拒绝，却架不住她的三言两语就答应了。我从内心认可这个孩子，其实她大部分诗歌我都看过，甚至有些还是我修订的。她比较相信我作为诗歌编辑的眼光，能听懂她隐藏在诗歌背后的心音。

小维是一个比较单纯的人，或许就是因为这份单纯，让她在世间遇到了很多贵人；小维也是一个命运多舛的人，从大巴山一路西行西藏，经历了太多的坎坷和挫折，经历了痛失妹妹的魂牵梦绕，还能依然坚强地面对高原生活。她真是个坚强的姑娘。

西藏，这个神奇的地方！太多的传奇，太多的神秘！

我第一次听人谈起西藏，是年少时期的文友告讯我，黑龙江省纳河市原宣传部部长卢坤江援藏的故事；当我第二次听人谈起西藏，是天津作家刘功业在唐古拉山写报告文学的故事；当我第三次听人谈起西藏，是一位驻守拉萨的干部在火车讲拉萨的风俗，而我与西藏的缘分，还有爱人想要将一些物品送到拉萨，因为她的假期问题不能亲自送过去，希望有个人可以帮忙带回去。这时，我想到了小维。

我和小维最早的接触是在鲁迅文学院第五届西南六省青年作家班上。后来，她每年回来，都会与我聚聚。这促成我对她更多的了解。小维的父亲在西藏当过兵，或许就是这个经历，让少年的廖维对西藏充满了幻想，或者说她的人生本来就属于西藏。

《风生生》这部诗集一切源于善，一切都是缘。诗意的生命，是苦难塑造出来的善因，一个对着天空、大地喃喃独语的人，一个面对河流、村庄都会泪流满面的人，一个愿意在高原反应的状态下，还要把生命的温度交给诗歌的人值得敬佩。每次阅读她发过来的诗歌，有时看到一个题目两个版本的作品，我知道她想写出来最好的生命状态。

诗歌是一个诗人身体之外的精神容器，包含着诗人的前尘往事，也包含着诗人的爱恨情仇。我相信一个愿意用心血作文、生命写诗的人，不仅仅能获得敬畏和尊重，更能在这个时代获得掌声。

一片雪花撞开了一个春天

落叶飘到了我的头上
我想起了一片雪花
呵，在天上待得太久
寂寞落在了仓央嘉措的院坝上

一棵柏树背负太多
雪地里的小兔子
藏在童话里讲过的童话
撷一片红楼的镜像
都说那是必定相遇的暗示

前世的劫　今世的缘
花开花落，轮回路过千年的芳华
总想把最美的句子给你
结果半路不是走石就是飞沙

365天好长好长
等了，爱了，恨了，沉默了
每一天我都以诗神的名义
为你祈祷缪斯的大驾

没有岁月，也没有其他幻想
撞开春天之门的
不是洪钟大吕，而是一片雪花
让我提前看见了前世的模样
只有你　只有你
站在花开花落的地方

（入选2019年中国诗歌年选，发表在2019年第1期《诗歌月刊》）

雪

我拥抱大地时，你总说见过我。
要么是山，要么是花。

在太阳没休假的时间里，
又说你变了，越变越小。

我是二月的春雪，
让大地也拥抱我吧。
再给你我一朵云。

大地

这只不知名的昆虫
是草叶上的狮子
在绿色的公路上
摇摇晃晃

在绿色的城池中，缓慢行走
或奔跑……蓝天下，饮水
风雨中，轻啸

它思索
我不该是为了生存而活
而是为了生活而活
哪怕是清早只给绿草说一句悄悄话
抑或轻轻地一个吻
都是生活中最动人的仪式

摇摇晃晃的我们，总在探寻
活下去的秘密
究竟藏在哪一道光线里
使出全身力气

一次又一次
历经　经历，依然经历

这只昆虫不再思索
它给绿草说着悄悄话
或者轻轻地亲吻

（发表于《诗刊》2021年3月上半月刊）

岗吉村

独处的时候
最能认识自己

村里无处不在的
鸟鸣，成了我此刻生命的春天

青稞地里纯净地笑
与牦牛一起走过长长的路

红土的山
把你的眼睛偷走了

你不能不说
你的世界丢了一弯新月

这些都不是传说

只要你来——岗吉村

（发表于2023年《诗选刊》第5期，总第565期）

仰望

这个秋天
我穿过暮色
聆听群山的沉默

树叶黄绿一年又一年
满地的青稞
收割了又收割
牧羊人活成群山中的音符

小桥流水人家，炊烟袅袅
透过车窗一闪而过
有种冲动好美，想哭
我的仰望，多么深情
你是否能理解

钟爱过一块石头
一朵花和爱花的那个人
在重复的梦里依依不舍
断定醒来就有生死
我还是不怕你嘲笑

我想留住时光
让记忆漂泊
我甚至不知道时光的意义
不知道自己的痴心与妄想
对西藏是不是一种伤害
但我知道神鹰
必须在空中飞翔
蓝天的蓝就是它的背景

（发表于《西藏文学》2021年第6期）

（发表于2023年《诗选刊》第5期，总第565期）

想起

我在西藏的梦里
还在梦着西藏
这是我栖身的高原

蓝天以下
人间苍凉
白云提升高山
包括帐篷和经幡
牧羊人最纯净
在雪的反光
里找出白发
种植于我的鬓角

前生的灵魂，今世的肉身
西藏，日光在鼻梁上

有尘土的颜色

一个高海拔的地方

手心奔腾的江河

如同宿命的皱褶

（发表于2023年《诗选刊》第5期，总第565期）

渠江三桥

身在异乡的人
却拥有无限的故乡

吃油炸花生米和豆腐干
会想起外婆

喝一杯五分钱的汽水
特别想哭

站在桥上，冥想
拉萨和渠县　雨相同与不同

山高水长的岁月
相比一朵花的盛开
你会斑斓

山山水水，万物通灵

该知道，我的爱寄往何方

《乡愁》的诗念出了茧

望无星的天，月的一半哪里去了

站在桥上，想象

我的第一声啼哭从哪里出发

黄昏的三桥是幅油画

站在桥上我不知怎样点墨

（发表于2023年《诗选刊》第5期，总第565期）

走过那丛柳树

不问春秋
柳树在上下班的路上
陪我走过它的发芽叶落
用它的绿色
提醒我这日子的意义

柳树间的路没有迟到早退
山水相连的风花雪月并不会打架
属于我们的蓝天，就是蓝蓝蓝
不属于我们的麦粒，就是沙沙沙

得到与失去，珍惜与放下
都有理，都是理

来吧，坐在柳树下

来一杯空对月、对饮
来吧，坐在柳树下
来一次自言自语、对话

（发表于《绵阳日报》2018年12月16日）

（发表于2023年《诗选刊》第5期，总第565期）

回声

季节在没去过的山坡上流动
我的眼睛突然不近视了
现在，连山上的蚂蚁和花花草草
都能看得见几只几朵

风在山上飘来飘去
不停地报告着
穿过一张薄薄的网
我想起了蜘蛛，安静下来

翻翻追鹰日记
看看掉进眼里的月亮

穿着白衣服的人
重复着一个动作

穿着五颜六色的人
重复着一个动作

我站着
什么也不说
听见了山中该有的回声

（发表于2023年《诗选刊》第5期，总第565期）

藏香

西藏的藏，芳香的香
藏香的灵魂是信仰的仪式
只有火焰才能理解
芳香来自自然的温度

好大的风啊
村庄的音符
钻进眼帘
树叶带着音符飞起来
像鸟儿的翅膀落满天空
这便是冬天的图画

你看那扩散的烟花
噼噼啪啪地挤进天空
响声渲染着闹热

当绚丽还来不及眨眨眼
黑色的烟尘便从天空纷纷坠落

光在升温
我怕思考

那些越过头顶的袅袅烟雾
芳香四溢

合十的双掌
用雪莲花来荡涤心灵
我对陌生的自己
一往情深
我知道这是一个很深的陷阱

真诚和善良被荒原遗弃了
触碰尘土的头额
已然分不清真身假相
那么，只有千丝万缕燃烧的真香
才可以搭救蒙蔽的灵魂

花瓣掉落一地

在这高原的高处

阳光的温暖已经非常勉强

而香火越燃越旺

（发表于《西藏文学》2021年第6期）

微光

微光是那点点星辰
是那远方的蒲公英
是沙漠的绿洲
是你照亮我
我照亮你

今天我在想念微光
明天，微光会不会温暖我
这个世界
哪怕一只小小虫儿
也需要光明

我坐在八廓街柳树下
心变得很安静
看着一个个走来的众生

又看着他们越走越远

再一次让我

看到了微光的投影

（发表于《西藏文学》2021年第6期）

看看

此刻
我们的脊背被阳光照耀
很暖很暖
我们真的不需要说什么

活到现在，有人说：
我的心理年龄只有八岁
如果不写诗
会不会质疑我的心智

笑容，无声地度量时光
尘世的谜语
生命的真谛
我们真的不需要说什么

肚子饿了，吃饭
瞌睡来了，睡觉

我在路边看见一只狗
它一直专注着远方

我看它看呆了
它看远方看呆了

（发表于《西藏文学》2021年第6期）

秋语

继续听秋日私语
我不是随便的花朵
你呀，高原的青稞
请别在山中出声
要相信沉默
梦里梦外
真挚的情感
满天的繁星
和飞来飞去的蝴蝶
是天外的梦境
和秋夜里无法醒来的故事

（发表于《西藏文学》2021年第6期）

拜月

请允许我

站在世界屋脊最高处

拜月　冥想

冥想　拜月

日月星光无南北

别多想，双手合十

一个圆，一个饼，一杯酒

先敬那个发明中秋的圣人

孩子的笑声

老人的笑声

是绵绵不绝长河中的回响

泥土里的种子是金秋的圣果

你不该那么多惆怅

万条江河终归于海

千里万里启于一里

只要你愿意

就不是传说

（发表于《西藏文学》2021年第6期）

“凡尔赛”时刻

我想把最美的诗画
送给启明星
她会认出我的内心

面对高原的天
赋予诗行美的想象力
一直隐居的山川河流
被镜子般的水面打破
顺着高原的风钻进了我的心

每个日出日落
我都能见到这面镜子
纯净　透明　充满爱的力量
越过自恋的情结映出最初的自己

（发表于《西藏文学》2021年第6期）

吉隆，你好

吉隆，你好
我不是在招呼一位熟人
是在招呼，心仪的陌生
花花草草，连着骨头都是绿
五月的雨也凑热闹，夸张地铺满一湖水晶

陌生的话语
也仿佛被新绿浸染
让我想起清晨树林里的鸟语
只是分不清是喜鹊还是画眉
而在这里，我知道是藏语、汉语
还有英语和达曼语

是谁让这里。一景有四季，十里不同天
这里山好水好人好

这里是一切好的组成

显而易见，招提壁垒
回答了我们

（2022年5月25日写于吉隆，发表于《西藏文学》2023年第3期）

清晨，我眼里的一只鸟

鸟儿的世界没有乡村和城市之分
只有一个共同的家叫天空

有人把它的鸣叫当成是乐曲
有人把它的鸣叫当成是闹剧
无论是乐曲还是闹剧
它都不知道，也无须知道

梦里在找梦外的人
梦外在找梦里的人
看着她在笑却掉出了泪

就在今天
她收起了翅膀

安静地站在电线杆上

没了声音，只有心跳

（2022年6月10日写于拉萨，发表于《西藏文学》2023年第3期）

镜头外

车窗外，电线杆上会动的小黑点
几乎看不清，是一群会飞的小鸟

造物主要多周全
才让宇宙那么多的秘密
无法破译
又赋予世界意义与希望

望远镜望着天空
发现我的眼睛真的太小了
小到，眼球里滚来滚去的东西
竟然是我天天看见的太阳
抑或，那些注定从未被关注的小鸟

（2022年6月4日写于拉萨，发表于《西藏文学》2023年第3期）

一匹马的回眸

走进吉甫村，风明显增加了重量
明明我们前世说好了，当牛做马
而我今生，偏偏变了人
此刻，一匹马的回眸
让人格外清醒

没有距离的时代
说得好像都是真理
路过最原始的村野
连石头，我都当神一样敬仰

渺小的我也想有爱
生火煮饭烧水，沾了烟火气
对着石门大吼
能克制的爱哪能叫爱

经不起怀疑的信仰哪能叫信仰

风依然在吹，分明是满心欢喜
偏偏漏了风

（2022年5月28日写于拉萨，发表于《西藏文学》2023年第3期）

五颜六色

如果我没有瞎逛
不知道她叫旺姆
如果我的手机没有坏
不知道她会贴膜
如果在她贴膜时，我没有沉默
不知道在她眼里，我是一个好人
如果我们没有相视而笑
惊动了圣地的阳光
我就不确定
这世界还有一种笑叫五颜六色

（2022年5月11日写于拉萨，发表于《西藏文学》2023年第3期）

照片

所在的黄昏，正在镜子中回响

停在树上熟睡的鸟儿
我生怕惊醒了它们

（2022年9月23日写于拉萨，发表于《西藏文学》2023年第3期）

对岸

这一刻船靠了岸
我的心还在水一方
没有方向
被困被养的肉身
与心分离

我在尘世里忙碌一天
不知道对岸的你
误把远去的桨声当成敲门
甚至想，用阿拉丁的神灯
照亮归程

黑黑的夜，心发出幽蓝的光
浮士德的诗剧正在上演
整个世界又黑又亮

你能否猜出心与灯的距离

或者说，对岸是我还是你

（2022年4月17日写于拉萨，发表于《西藏文学》2023年第3期）

只此青绿

那时的你还年轻
觉得人生什么都好
活得像神仙
只饮露水
简简单单，只此青绿

现在你老了，总想
解说爱与哀愁
一朵花不论她倾国倾城
还是她在火焰中舞蹈
最终，人世间都被海水遗忘

花儿谢了，日月星辰一直都在
白天的白有无尽的白
黑夜的黑有无尽的黑

只有你

每次醒来都不在

（2022年3月11日写于拉萨，发表于《西藏文学》2023年第3期）

你可知道

我从珠穆朗玛峰下来
本想看看雪莲花
花不醒，飞雪不来
你心里住着爱丁堡的城
我看到了村庄炊烟

梦里梦外，花开花落
过了一季又一季节
你成了珠穆朗玛峰上的风马旗
我成了珠穆朗玛峰脚下的小石子
没有说出的爱，终究是念想

十里不同天，那不是我的脸
东边日出西边雨，那也不是我眼

你不愿意说无常

但我相信那是错过

（2022年2月24日写于拉萨，发表于《西藏文学》2023年第3期）

狗狗救了一条鱼

它在快干涸的浑泥中用嘴叼起一条鱼
又用飞奔的速度把鱼送进了池塘
站在岸边　观看鱼远去

这是我看到的秋天画面
侵袭了伤感与慈悲
反反复复观看，狗狗救了一条鱼
不好意思再感叹，俗世红尘中
如果认真你就输了

更不好意思感叹，哪里人好人坏
一切的一，一的一切

内心是根源

万物皆有灵，众生皆有命

（2022年8月27日写于拉萨，发表于《西藏文学》2023年第3期）

吃一片叶子

没有表情，不看窗外
不算命和烧香。
不做孙悟空，更不做猪八戒。当然
我也不是妖精，
只是想，明天
要不要去森林里看一看
吃一片叶子
追一只鹿

（2021年8月18日写于拉萨，发表于《西藏文学》2023年第3期）

一只虫草

一只虫草变成虫的样子很诡异
沉睡的沙石再次翻滚
你想起雪山中的雪来

此时是夏天
柳树下的一个城民说了句
你孤独，菩萨也孤独

从未爱过与从未停止爱过
像故事，像光和影的存在

（2021年6月28日写于拉萨，发表于《西藏文学》2023年第3期）

存在

蓝与白的存在

我无法用时间来准确计算

心情不好的时候

去街边找一家面馆吃面

看着老板笑呵呵的样子

再看着碗里的汤

完全可以对照一些人的争论

今天的小确幸

不是坐上了末班车

而是刚下起的雨

没有淋湿我碗里的面

起身，望着蓝白交错的天空

恍然大悟，原来

时间是天文学家发明的

（2022年7月15日写于拉萨，发表于《西藏文学》2023年第3期）

像一道闪电

闪电是自然的一部分

人也是

她的出现

让我们多了电闪雷鸣的成语

最亮的光总是最抢眼

那本是自然现象

只是那鱼和熊掌总是爱打架

仿佛借此才会认识自己是人是妖

今年的考题《像一道闪电》

马上给流星递了个眼神

你说，哪怕只出现过几秒钟

像不像命运的棋盘

我深深地低头沉思

发现它已不知去向

（2022年6月12日写于拉萨，发表于《西藏文学》2023年第3期）

我的爱，离神圣更近了

1.

无名花，成为

生命的代言者

而石缝成了它的笔名

2.

深沟游泳的鱼儿

在岗吉村，与我相遇

我的爱，离神圣更近了

3.

村里有棵显眼的大树　是苍凉中的百宝箱

没有忘记出发的人才会懂

4.

白天吞了太多阳光

黑夜想跳过睡眠直达黎明

5.

短暂停留的影子

像是被大地收留的尘埃

（2022年5月14日写于拉萨，发表于《西藏文学》2023年第3期）

憧憬

整个下午，高楼坐在我怀里
人来人往的窗外，兜兜转转地看着我
诗在画里，话在诗里

多雨的夏天
雨朵是莲池里的小金鱼
真的不用说什么
远远的云成为近近的雨
是看不见的一种告别

清风穿过屋内的凌霄花
还有哈达，牦牛和草原的图腾
这是云和雨的世界
即使一个人在家里
也是窗外静静的花开

浪花

因为爱拒绝爱
不承想一下跌入了海底
无依无靠，失掉自己
内心却忘记了恐惧
只专心采摘浪花的呼吸

把一颗心交给辽阔
世间的倥偬，变成了鱼
还好，爱与相信一直都在
即使沉入马里亚纳
也要用光划出
一道口子

（发表于《岷州文学》2021年夏季卷）

观舞剧《天路》

小小时候
我牵着妈妈的手
颤颤巍巍
走上一条长长的路
那是家门口的路
一头连着家
一头连着成长

读书时候
我牵着老师的手
迷迷惑惑
走上一条长长的路
那是求知的路
一头连着梦

一头连着希望
工作以后
我牵着西藏的手
高高兴兴
走上一条长长的路
一头连着爱
一头连着责任

这一次
我牵着国家大剧院的手
欢欢喜喜
走上一条长长的路
一头连着天
一头连着祖国

牵过无数的手
走过无数的路
我才发现
世界上只有一条路
叫天路

很长，很远，很高

用尽全部的情

全部的爱

也无法言说

（发表于《拉萨日报》2019年6月6日副刊08版）

穿过流星中的一朵莲花

醒着的心跳打乱了钟表声
穿过一颗流星走过一步步
风中布满了暮色的尘埃
我想起了两个字　我们　我们

一天到晚游泳的鱼还在游
一个姿势　一点光线
会长出第三只眼
习惯了在寒风中走走停停
望望天上遥远而明亮的星
看看地上屋顶上的雪　抑或
小狗疯跑的样子　一滴眼泪
甘愿点亮一个人的笑
那是符号与文字在倾听

穿过流星中的一朵莲花

还在演绎昨天太阳的深情

想，那些动人的诗句浮在水面

固然美妙，但我却对《七朵莲花》

百听不厌

冰块围起来的火

我的心，是被冰块围起来的火
点燃的人并不知道。
不能看汞柱
睫毛开出的花，不需要文字的注脚
还有我的梦，也不知道怎样描述。

这个冬天很冷
但我还是活得像夏天一样
虽然睫毛里的雪，无法隐匿
我的一生啊
是不是得罪了太阳，才让我
在月亮面前散步
有梦有情　但不好说出口

站在雪域高原

与其剪短了长长的头发

不如跟昨天分手

一片雪花，怎么承载得了明天的开头

（发表于《拉萨日报》2019年1月25日副刊07版）

雨中的红雨披

雨在慢慢下，我在慢慢看
雨中的红雨披来自哪里
她要去哪，去做什么？

我成了好奇的苏格拉底
对着世界发呆
隔着窗看巷子里的雨
红雨披是巷子里的故事
神秘　悠远　带着一季的情节

大路　将有方向没方向的人叫醒
小桥　将天上人间的仙和人相遇
最美的画面　不在达·芬奇的笔下
也不在小狗看呆的窗内
在神造心生的际遇

西藏的夏天

一天有四季，十里不同天

偶遇彩虹并不等于夏季

雨中的红雨披

是要遮雨，还是遮挡此行的秘密

莺歌的瓷器

隐形的翅翼
高原上飞舞
那是最神秘的法器
灵魂有香气的女子
做着孤独而芬芳的主

莺歌的瓷器
出土有出土的妙音
入土有入土的妙作

光影、食物可以坐牢
笑出的泪是蓝天的蓝
只是无法破译
冬天没有雪的脚步

草莓记

路边草莓的味道
与其他没有区别
它以卑微托起高原
点点新绿和一颗颗红心

草莓叶的绿和草莓果的红
无不透视着生命的秘密

走进菜棚，看着刚摘得满筐草莓
蒲公英悄悄告诉我
这个春天不属于花
属于有心的草
而我，终于在这个生命的寒武纪
埋葬了内心的“悲催”

飘在雨里的春天

——立春

一场经年的期待

一点点碎玉

敲门

身披寒冷的风衣

为生命求证

如果爱你是一场春雨

那泪流不止的

是忧还是喜

从高原到盆地　从异乡回家乡

只为一个约会

所有离别　思念　惆怅　期待　误解

是否需要解释，让卜卦显灵

我们是不是该

摊开灵魂，走进雨中浸泡

一个站立的季节

我们无法弹唱的小夜曲

蜀国大地

飘着绵绵细雨

而我却挥手告别了，满地枯草

如果爱不是在季节之外，像你说的那样，短暂的离别

那么此时你抱着一朵红玫瑰

是否会想起白玫瑰的泪

季节的尽头，天和地谁也没有理谁

再度和好，又是一个开始

莲花朵朵开，只要是佛祖的弟子，就会原谅一切

越是飘在雨里的天，越是晶莹透亮

醒来重生　双手合十

密码

高原缺氧
我还是没能想起箱子的密码

多少蝴蝶
期望我能种下一亩麦田

风吹麦浪是秋天的景色
善良的品质和高贵的人格
也难以让美好永存

黑暗里我摸索着我的箱子
否则，我从来都不是它的主人

饭碗里跳跃的诗画

我做了一场梦
拉萨的夏天就没了
好像我遗忘的年龄

这场突如其来的雪
让我明白瞬息
正在心怀格桑花
眼里的藏羚羊
已经跑了

西藏的人们
饭碗里跳跃着诗画
幸福的理由很简单
抬头低头都是光
即使夏天一下变成了冬天

也不会想是否穿越

同一地点，不同季节
我发了四张照片
别再问我季节

一个还在梦中的人
无法回答西藏到底有多美

（发表于《拉萨日报》2019年11月28日副刊07版）

凤眼莲

凤眼莲，抚慰我
童年、少年、中年、老年
我在高原的想象

怕冷，怕黑，但已习惯荒凉
服从自然的安排
我爱，这凤眼莲，凤眼蓝
一种欢快、忧伤的跃动
遍野，满山

而此时。其他所有的植物
只不过她的信使　我的爱
不再是一种幻觉
它托起的时光
迤逦依然，深情依旧

搬运

请风偏往另一个方向
请渠江的水绕行
请雪山的苍鹰列队等待
请梦　晚一会儿开花
然后让拉萨阳光
像点水的蜻蜓一样
优雅地站在你的眉上
它必须有这样的一次小憩
才有足够的力气
朗照，故土与河山

露水落下的时候
青草正搬运你额头的金子

午后

那个人正在采摘窗外的花

别说树枝上的露水掉落了

那是菩萨

在风里种莲

纳木措的湖水还在不停地说话

只有我一言不发

你走之后，我把你画的那个月亮

藏到隐秘的抽屉里

下雨了

高原的天和地都变成了白色

蘑菇撑开的伞

让蚂蚁暂时找到栖居之地

在雨中，我的屋子是我一个人的

孤独也是

午后的寒凉中

它摇晃着，把花开成自己喜欢的颜色

（发表于《古魏文学》2022年5期）

西藏的五月

我在台历的阶梯上
描绘西藏的五月的影子
在阳光的彩虹里
拾掇起西藏的四季
望望雪山，看看行人
穿着春夏秋冬的衣服
我们笑了

绿色是生命跳动的音符
朋友发来一张
四叶草中一滴水珠的图片
让我忘记了昨天

希冀与神秘
痛苦与欢喜

总会让高空的星星说话
一个人冥想，宇宙万物
以及人类的道不明说不清

喜欢听歌的人，总会唱几句
路上的风景，无常的季节
风的最爱，自然的天地
说不清你唱的是一个故事
还是一片蓝天，几缕悲喜

（发表于《西藏日报》2018年6月1日副刊）

走进楚布沟

圣地阳光载着我走进一条沟
绿色蛊惑我穿越　穿越
陶渊明的逃遁
抑或《诗经》里的
所谓伊人

“楚布”藏语，我不想理论
“飞来”或者“众多”
莫名的欢喜　寂静　慈悲
传说充斥着心门
仰望太阳
叩拜大地
默念经幡的祈文
聆听牛羊的气息
观摩石桥的历史

浸泡温泉的神水

投寄村庄的神秘

具有

同样的意义

搭起帐篷

微笑，看天，看地

喝一口溪里的水

品一杯藏家的酒

把梦揉碎

来吧　来吧

不要怀疑生命的奇迹

天生天长之物

只有神的足迹

来就不走了

（发表于《西藏日报》2018年6月19日副刊）

不老的流星

——写给六一儿童节

这一天
我看到了最明亮的太阳
还有那一声声幼儿口中的话
“妈—妈——”
呀，呀！摇摇　晃晃
这些　长大的人儿
走过故乡的稻田
背诵那一篇篇唐诗
忆忆　小猫种鱼　乌鸦喝水
我想，你们
一定在笑　在笑

小时候的我
喜欢上了停在荷叶上的蜻蜓

直到知道了青蛙是小蝌蚪变成的王子
还知道了
“小荷才露尖尖角，早有蜻蜓立上头。”
这样的诗　小小的我
爱上了一颗颗　一朵朵　一株株
道不明，说不清　绿色生命的音符

不老的流星，不变的太阳
漫长的河流，我想说
我不是在回忆
更不是说我老了
而是想说
不失童心，必将永远快乐

（发表于《西藏日报》2018年6月1日副刊）

雪未眠

跪着的大地和站立的雪霜
我想，是我见过的雪未眠

笼子的鸟儿
说是雪埋了来去的路

不得语，潜别离
谱写深情的曲子

长夜吞噬了盟约
炉上的诗句没了主张

（发表于《古魏文学》2022年5期）

凌晨四点半

凌晨四点半，梦见了你
梦里梦外都是我们的影

坐起，端起杯子，喝口水
发一条朋友圈，梦中梦

梦里完整得像蓝天，又像一条河流
你来到我身边，有蓝天和湖，还有人群
……

面对你，最终没说出梦中梦
面对你，命运送了一把尺子
面对你，连两行泪也装不下
面对你，我像个小偷

拉萨很冷，但很深刻

冬夜，不是你来了我梦

是你一直是我心中的梦

西藏，蓝色的隐喻

漏网，我们也同在一个村庄
顺着，键盘上的河流
我能看见你的梦境
便是蓝天

屏幕隔着彼此的心跳
但能听见呼吸
那是一口划破黑夜的气息
思念就在呼吸之间
别人看见的只是我们的童话

面对春天，我们放下欲望
面对夏天，我们放下盛装
面对秋天，我们放下果实
面对冬天，我们放下暖阳

是谁设置了蓝色的隐喻
让我们放下
空无一物
还要放下什么

苍穹的星星
高原的湖泊
马尾草
以及躲躲闪闪的萤火虫
究竟哪一颗才是　我们

海很辽阔
雪山很巍峨
仰止之后
我们寻找自己的图腾

你是我理想的梦

1.

我最孤独也最不孤独

认真天真都是真

西藏的哈达和内蒙古的白云

中国上空都是白色

2.

写　画

笔长出了科尔沁

3.

听一位深情的女子

诉说她的故事

生命不能承受

过轻过重

4.

青稞地飞来一只蝴蝶

插着一串感叹号

我站在一棵树下

看一群星，想一个人

5.

食物、诗、笔坐牢去了

生了一场病

你在眼里寻我，我带着顿号笑

孩子，我最爱的孩子

说了一句。妈，我会看着你变老

6.

你离开拉萨

拉萨城都空了

7.

透过时光的望远镜

我愿意还是那只停在

小溪旁的小黑鸭

8.

这样的夜，这样的风

只有一个字　飞

飞到科尔沁草原

飞到古今多少美女英雄面前

睁眼闭眼全是一个姑娘的笑

一个人，一片天，几缕风

活着，你说

要是没个远方，可怕不可怕

9.

你是我理想的梦

亲，亲爱的朋友

八月，没有如期抵达科尔沁

就让我以诗抵达　与你

在草原上

在太阳下

原谅吧！我理想的梦

原谅吧！哈达的天堂

原谅吧！我在内蒙古还认识的一个人

成吉思汗！

失落的碎片

梦中，脱落了一颗牙齿，
让我困在月光的阴影中。

人与神之间的纷争，
总也理不清。

秋风秋雨打湿了窗台，
因为爱，世事如梦也是风和日丽。

时间的巨轮和现实的锤击，
因为爱，错综复杂也开放出芬芳的花朵。

谛听

夏夜的黑被荷花省略
满塘的美依然
我不想长大，但也不拒绝成长
相信成长的美
胜过世间盛大的花朵

不知名的生物，在荷塘叫个不停
似乎叫声越大就是荷塘的主人

行走与成长，同样是哲学命题
我们才把远离家乡看得那么神圣

流动失眠叫思念家乡
流星叫叩开回家的门

与其说是游子归来，不如说是走失的游魂
谁都爱荷花的美，但是现实往往戏耍我们

童话是生命中的莲花，千手观音的指尖动一动
你会明白，自己才是自己神

一枝会说话的玫瑰

一扇窗
让眼睛开了光

一杯水
让心上了香

一枝玫瑰
让两个人笑了哭了

我们，我们
望了一会山
看了一会水
吸了一口气
弹了一首曲
花开花落　美好与丑陋
滑向了你我

心灵随行

1.

一个是天上的太阳

一个是水中的月亮

诗在动　花在香

画在言　山在绿

真情儿女献高原

你是诗是画

2.

睡眠中的文字

是故土

想起，有人吟唱“喵喵喵”，

这出乎意料的交织，宛如云卷云舒

诗的远方

原来在你我心间

我乐意当雏菊的情人

雏菊的色彩和她的爱
有光。而我，一个人
像蜜蜂，只是蜜蜂

我俯下身，心有所动。另外的她
扇动翅膀，带动拉萨秋天
和它致命的紫外线

我爱上了自然的上帝
好像风中的银雪与牛角的约会
在高原
我愿意沉醉，就像乐意做雏菊的情人

闻起来像朵玫瑰

古希腊人是制造香水的专家
圣经里的香味是爱的语言
欧洲人相信古龙水能驱瘟疫
早期基督教的玫瑰念珠等
我是想说花闻起来不是都香
更不想太招摇，闻起来太像鹿
或是麝猫

食物、香气、性
互动。常常交织
然而我并非夜行动物

没有刻意标记闻过的花
最名贵的欢乐，往往是茉莉加了玫瑰
你，为何不认了，闻起来像朵玫瑰

经典里的花瓣

拉萨，我的心事太阳都看得见
爱上了植物，成了话痨
说着，我想起了古老的传说
说着，我想到了战争与和平
说着，我看到了流星
说着，说着
甘露香草。永生花。
花瓣　花瓣
被我放进了经典
但我从未说过我爱你

万里江山不如你一个赞

梦想的非分一直在群山之顶
千古地缠绵从我眉宇间开始
命运是风的姿势在空中摇摆
是你的名字你的泪水你的歌
点染了蓝天之蓝点亮我的心

天地万物敲开前生今世
一个眼神就已失魂落魄
千年万年。电光石火。星河
我们相遇，又擦肩而过

英雄。美女。温婉的微笑。
激动的心。伟大的爱情向来
情深缘浅，别说你微信上千人万人
往往最深爱的人不在其列

爱国爱家爱人的爱是同一个字
高山雪山群山的山是神明的山
我从不怀疑爱会是奇迹的字眼
期待与等待成了我生命的火种
也成了我孤独的后花园

大海。蓝天。写着
我心永恒，你无所不在

你在天上，我在人间
矛盾的字眼，动了凡心
注定执迷，万里江山，其实不如你一个赞

（发表于《拉萨日报》2017年11月25日副刊04版）

冰凝的泪珠

寒冬消融，春风拂面
我渴望爱的重生

珠穆朗玛峰，雪域之家
我们似影子掠过神山

花儿拂过诗篇
含着泪

圣洁之地
即便心中有颗冰凝的泪珠
也终将在阳光下苏醒

花步行间，白鹿回望

这个冬天直接从夏天跳入
那些带不回的爱，散落在秋天

满地的菊花惊艳了布达拉宫广场
一个背影，一个微笑，一句保重
不得不感叹这一朵朵花
风中的姿势是扎根的样子
在边陲

一只白鹿回首目送离开的旅人
仿佛述说着某种离别

转路

北京，好大，好大
到哪里也得靠地图
北京，好小，好小
转路，也能遇见拉萨的熟人

大与小，离别与相聚
我的薄暮，实在算是我的黎明
风起时，仰望暴风雨中的
一朵莲花

点

此时，黄昏。

时间：十八点　在西藏

日月同辉的景象

这一刻想当个牧童

什么也不想，如果非要想

那就想“点”这个字

梵高的树在长

1.

原谅我，写下

少即是多，多即是少

梵高的树在长

不再想葱蒜与原野的风

花籽收购了这个冬天

2.

深夜写一首诗

配一张棺材图

有人说，吓死了

有人说，太赞了

夜太黑

我胆小，怕人

我胆大，不怕鬼

拥抱镜子里的我

从平原回到高原
冷风与暖阳最突出
手中的绿檀木梳子
轩辕黄帝的王妃
一双手正在为爱人梳头

梳　梳　梳　星河会亘古
梳　梳　梳　世界屋脊白雪堆成堡
看一部电影，会流泪
多少男女
真情，要么在最小时，要么在最老时

我在镜子前梳头，想成为远古的王妃
再写上几句百度也搜不到的话

梳子　镜子　镜子　梳子

不是童话与传说

而是拥抱镜子里的我

冬至，看不见的笑

1.

冬至。不见饺子，不见汤圆

无关南北，无关季节

我在拉萨，不是不过节

只是为了蓝天的蓝和一面镜子

2.

黑种草直译迷雾的爱

文物不论古董论当下

太阳下

有人说要感谢我

打鱼的日子

要想想杨贵妃的好

要晒晒坝上的暖

哭和笑笔画一样多
雨后彩虹你能不看

三角梅的颜色

黑夜是条银项圈
我走不出曲中人
像个门牌号

辞旧迎新的歌在唱
河流背后的树叶在飞
不可细想，我与你
进一步　或者退一步

耶路撒冷的路
天未亮，何必分
是灯光还是星光
其实我更喜欢三角梅的颜色

灯下

点一盏灯
留一道光

点一盏灯
留一道影

点灯　点灯
留光　留影

春天的蓝调调

1.

何以论真情

朋友中你最特别

思想明明是钻石

还要追问一粒沙的内核

我问，爱的立方根你有答案吗

男人要崇拜，女人要宠爱

那是我们结尾的话

2.

我问：符号和文字

到底离不开谁

你回答：水和氧气、鲜花和诗歌

难道我们可以舍弃其中一项吗？

3.

走一段照片里的路

想一想蓝天和白云

看一看满山的牛羊

拉姆拉措写着

你为什么来西藏

4.

问号加上感叹号

试图上演

我和春天的蓝调调

谁也没能卸下苍凉

落在地面

花语微言，爱在山茶

无法感知紫外线
我并非一株植物

颜色是一种微妙的诱惑
山茶花我虽看不见她，可以听见
王妃，王妃

超过25万种植物会开出鲜花
这是地球上最伟大的表演

美丽从来不过一瞬
山茶花被杂乱切割

寒冬花开的剪影
谁说爱必须有所表达

云朵之息

1.

我将千纸鹤串成一个风铃

只为春夏秋冬飘过她的眼睛

2.

蒲公英种子是扣子

时而解开是为了更好地呼吸

3.

一段时间

雪成了宠儿，不知南北

4.

藏原羚、野驴和牦牛

有个约会像极了六月飞雪

5.

天上雪和心上雪，落在了头顶之上

布达拉宫和大昭寺都是世界文化遗产

而我却活在知识的废墟里

月光雪人

拉姆拉措
月光雪人
童年的笑

嫦娥
坐在月亮上笑，还长出了树

月光雪人，雪人月光
像极了皮影戏

那晚的月亮

2018的流年
被月亮打了一个标点
是李白的诗
还是辛弃疾的飞镜
哪一个断句
可以诠释一百五十多年
冰雪点燃的蜡烛
照亮了天空
却照不亮心的B面
我攀登在布达拉宫的石阶
用了一个多小时
刷新朋友圈
蓝月亮　红月亮　月全食
睁开大大的眼睛
也看不清深处的隐秘

抬头一看

可望到38.4万平方米

却看不清身边

每个人对月亮都有理解

红包是最大的黑洞

可以扭曲光线

无心的点赞

让明亮的标点，带上世俗的颜色

最圆的美丽

总是隐藏最大的残缺

最深刻的梦

是在白天

一个人　一首诗　一个标点

今天，回家过年

火车载着月亮

不是虚妄的诗情画意

是要把标点碾碎

把梦串成句子，装入邮筒

寄给路上的行人

捎得更远

（发表于《拉萨日报》2019年8月30日副刊04版）

消失的照片

寻觅消失的照片像远方
泛黄的花边在黑白中迷踪

千万张的画面
无法重现那一抹青春的光

堆一个雪人，有电的眼睛
木得的希望如白雪纷飞

春日对话

一位长者，倒着行走，口中诵经，孙儿跟随
我凝视着垂柳又聆听佛陀的教诲

一个春天丢在了另一个春天
身着斗篷就不要论是拒绝是接纳

树在增衣，人在减衣
从一个春天领悟另一个春天

往事

拉萨，六月飞雪

莫名地与荒山联姻

覆盖了满山的五颜六色

换来一块石头

却不是你想要的天使

无问

黑夜，有一种黑
不可以去揭开
否则会成妖魔鬼怪

黑夜，有一种黑
可以偷偷思念
不可多问一个字

还你七彩莲花

透过乾隆皇帝下江南
我想徜徉在雪域高原

将所有莲花打包给天空
人啊，没有谁比谁更容易

吃一吃春天的蒲公英、穿心莲、菠菜
幻想三国乱世的战火和《红楼梦》林黛玉的悲情

高原的人，无论生日是否和母亲共度
都将还你七彩莲花

这一刻

我终于流泪到流不出
不由得仰天长笑
一棵荒野中的小草
不曾辜负雨露给的生命

总想证明爱可以永恒
善良高贵纯洁才叫信仰

历经生离死别，何以论
石头开花，尘土飞扬

天与地，悲与喜
成与败，爱与恨
日月星辰的变换　就让他
化成世界屋脊的格桑花
悟出活着和死去的意义

清明

清明墓地缠着青草

活在地上的人，点着香蜡冥币

有烟有雾能通天

而我发不出声

妹妹，你在天堂可好

过

玫瑰凋零
不是被虫蛀

月光无你影
不叫装睡的人

爱过，恨过
不一定是过

再执着

——端午节的遐思

五月
拉萨缺氧的心电图

屈原啊
多少诗歌只为你而流传
不仅挂满艾草，饮黄酒，划龙舟，
还有仙女撒下花瓣，粽子投入江中，
那些颂歌与哭泣，
千年传承，千世传奇。

白雪和哈达献给爱国诗人
在异乡古老的爱，别说你不理解
为人生的蓝图增彩添光

黑夜王后[1]

我想赞美“黑夜王后”
它不是郁金香，而是仙人柱

假如时光挪移，多么渴望一睹“黑夜王后”
由丑小鸭变白天鹅

“黑夜王后”的美，短暂如一日，抑或一宵
让我找不出最好的语言为你写诗

不敢触及《圣经》的文字
划过的流星，一天的王后

1 蓝天之蓝，谁人见之不心生喜爱，但我此时却不想赞美梦之蓝，只想歌颂那很少人关注的“黑色幽默”抑或“黑夜王后”。

慢些老去，再慢些啊

让我把你的传说，写下来　传出去

风的拥抱

六月，我还穿着外套
路边遇见了一条阿拉斯加犬
抱着它，也不热
镜头内，我们成了主角

读着不同地域的温度
还原了爱的诸多元素

拾一片破碎的幽绿
修补一个季节的画卷

泪打湿的清风
伸手想抓点什么

听一曲纯音乐

我没有流泪

得到了风的拥抱

假装在写诗

你以为你是主角

听听考古学家、哲学家、佛学家

妈妈怎么说

风和月，你与他

诗意的恩赐

想爱就去草原陪陪牛羊

想飞就去蓝天吹吹气球

甲骨文有鸟有鱼

现代字有虫有蛋

雪山有雪

山下有马而已

面对黑色的眼睛

黑夜的黑属于满满的天地
你醒着，就是国王和王后

空调的声音会穿越古今
屋里屋外的黑和年代没有分别

窗里窗外爱来爱去的人
终将还给了月亮的月亮

面对黑色的眼睛
盲人点灯就不是传说

危险之门

《危险之门》

《温柔之歌》

《安慰书》

请

不要在别人的幸福里收税

不要与受伤的人谈高贵

不要说刻薄是你的性格

要懂得人与其他动物的区别

生命本质可以通过写作破局

爱你，终将成为我的绝句

——致石榴花

穿过《本草纲目》，石榴成了我们的厄洛斯
红色的珠子红色的心
茫茫人海，你就是我的阿拉丁神灯

所有的黑夜，都是我为你捞起的星星
那不是内心的荒凉，更不是无知
是你，让我再也装不下别人

微笑与泪水是我多年的宝藏
爱你，是我今生的劫也是歌

再勤的笔，也写不出开箱验取石榴裙那样的句子
爱人，爱上你，终将成为我的绝句

爱的波浪

妈妈在给我洗澡
我在给小鸭洗澡

鱼儿会跳
我笑嘻嘻往雨里钻

路上的草儿在看我
我在看手中的拨浪鼓

妈妈，抱着我去打疫苗
我没哭，我没哭
妈，妈妈，哭了

追风

从南迦巴瓦到布达拉宫
不为美的眼，只为追风
早上，吃蕹菜
会想，绿的情，空的心

飞来的鸟儿
成为我阳台上盛放食物的理由

我从不让鸟儿囿于笼中
自由多了一首诗

春去秋来，花开花落
谁说追风不是一道景

有些记忆该画个×

害怕，高原缺氧

害怕，错过日出

害怕，黑夜太长

害怕，十字架上的“情”字

害怕，口水淹没了江河

害怕，努力是一场笑话

害怕，善良被人当傻瓜

害怕，黑发变白发

害怕，害怕随时间而长

害怕，生命消逝

害怕成长为邪恶之花

就像我不知道千年过后的莲子

依然可以抽芽生长

我喜欢纯色的花，洁白的雪，透亮的心
但不表示我不挑剔　不执着

多少年的期盼，最终变得无所期待
活着如同游魂

我会为种下的树叶落而落泪
两条金鱼死去一条而哭泣
不会开车怀疑自己是否属于这个时代
难以言说自己的个性
昨天、今天、明天都被符号擒获
可以说像飞鸟，也可以说像水草
但我会写诗

听一首歌，读一本书
走南闯北，想起了那些害怕与往事
反而唱起了“有些记忆该画个××[1]”

唯愿所有开始与结束都结善果
唯愿寻常与无常皆可化为平常

---

1 此处“×”请读作“叉”。

那曲的情节

初秋的夜雨还原时空
那曲的情节不是我编造的惊悚电影

有些事物在时间的壳上旋转
这里。连神也无法惊动明月的荒凉

逃避无法解除限制的果
见了一眼绿的人眼泪会疯长

别说这是我们都知道的那曲
而是没有去过那曲的人
无法说出的话

遇见了未知的自己

黑夜的导线
风雨滋长着河水

对面的山洞是个谜
我顺着裂缝寻找

几百里外无一人
差点命悬一线

夜晚的嘶吼
走投无路的哀求

我没有哭泣，避雷针
构成了天使与魔鬼，大象与蚂蚁，

狂人与处子

面对，对面的对面
它们必将得到新的生长

中秋，心灵迷触

中秋节快到了
思念亲人会成为交响曲

梦想以幸福的碎片装点
渴望时光放射灿烂之光

花草树木皆无怨
勾勒对生死的画面

土地、稻田，天空、童话
你看得见，或者看不见

人站山巅，是人加山成仙
人在山谷，是人加山化俗
人+人=从，是否平凡

人+从=众，是否别具一格

沉溺于无尽幻想

折磨我们的正是想象

自然的呢喃

你说，秋天需要一首诗来歌颂
而我却认为，诗是生长而来的，而非写出来的

想给秋天盖一座长亭，让她的心皈依
想给逝去的小猫，找个天堂最好的位置，原谅我的过失
想给光秃秃的山添些花花，遮住石头记里的秘密
想给树上的叶子使个眼色，不再追究季节的责任
想给大自然一个赞美，顺便说说太阳的无私
我放下心中所想
奈何不了的奈何

手中的弓弯曲了，留下箭和月亮
梳好长长的头发，走在拉萨一角
我什么都没有想，只是陪着变色的树木
走走停停　停停走走

秋天，想起了葶苈

时间的破裂，命运的掌纹
黄昏的西藏，我怎么看都是一幅画
有的人，怎么看都是一个字眼
而我，秋天，想起了葶苈

葶苈，葶苈
你知道的，眼睛朝上看的人
发现不了你也是世间的花
碧水与蓝天不是时时对称
眼睛与眼睛不是时时会看
散播春天气息的是秋天的人
接近神灵的人与飞鱼的魂
很少有人知它的别名
勇气

葶苈，葶苈

你知道的，眼睛朝上看的人

发现不了你也是世间的花

我不是来与世界为敌的

人与人，从思想到思想，学问与信仰

迷茫到科技，无知到觉醒，心与心

活着的生物都有它存在的价值

葶苈，葶苈[1]，就让知道你和不知道你的人

走进秋天，想象春天

来一次葶苈耳朵里的冥想

1 葶苈本不属于春天，只算是对希望的一种补偿罢了。眼睛朝上看的人，可发现不了像葶苈这样的小花；心灰意冷的人，就算他低着头踩在了葶苈上也会毫无察觉。只有跪在泥土里寻找春天的人，才会知道葶苈的数量有多么惊人。

失眠夜呼声

月亮照着格桑花
双手合十，印在了我的眉宇间

拉萨河的回响
折断的枝条是久别的故乡

泪化莲花
小船飘向未知的浪花

花开一季又一季，头发白了又白
雪山沉入河中，鱼儿飞到了天上

良田万顷，怎么跟雨水道
失眠的夜，只有狗狗地吠叫

看不见十五后的月亮

黑夜的黑，白云的白，圆盘的圆

遇见欧石楠[1]

星期六荒野中，见到了欧时楠
金黄的叶子，成了主角

《呼啸山庄》的风还在吹
旁边的姑娘说
欧时楠是孤独和幸福的象征

走进小树林，睡在树叶之上（大笑）
欧时楠成了自己的主

游走蕴藏着孤独的华丽
站在世界的顶端是太阳还是你

1 欧石楠是挪威的国花，花语是孤独。

冬夜的眼睛

遥远而明亮的星星
我数数心中的羊

眼睛凿开了一条小溪
羔羊残留着枯草的味道

叶子疯了一样地跑
到底是不是羊的祸

黑夜拥有着一个王国
睁眼闭眼不是黑色就是本色

炊烟之外的格桑花

“悲剧将人生有价值的东西毁灭给人看”
“喜剧将那无价值的撕破给人看”

昨日的黄花与现在的鲜花
都不是明天的太阳和石头

白云晃晃悠悠
草木成了影子在狂奔

我不向往锦上添花的爱情
但我渴望雪中送炭的温存

炊烟之外的格桑花
不一定是黄昏取代的凌晨

人间的波光，天上的星辰，等不了解救的神明

由心而发的善良和爱，何必再期待

读不懂因果，解不了爱语

那就好好浇浇水，写写心

雪白的自由

雪已结冰
春天却想写诗

寒冷还给了雪白
昨天还给了自由

没有人比我更懂你
没有雪会藏在明年夏天

镜子

镜子照照原野

人心

上班，回家；回家，上班。

写字，发呆；发呆，写字。

太阳和心事

不是晒晒和照照就能放下

慈悲的爱是菩提的根

镜子也会说要爱世人

我原谅了人世间的现实

记忆的时针

把我拽回到刚来西藏苍凉的场景

回忆和想象是一口井

心灵上的疼是一只只刺猬

演不完的戏

走不完的轮回

随缘而动随遇而安的树

见到的并不全是人

二十年的伤是个黑洞

还好小小的“公举”送了我一个沙漏

诗歌是个巨大的秘密
可以躲掉妖魔鬼怪的捕食

我的快乐是写诗歌
可以对抗明枪暗箭

即使流言游弋
我也从不放弃种植向日葵

抵御岁月的流逝必是有灵魂的工作
而这个人就不会在俗世中丧失本真

没有布达拉宫解不了的愁和梦
只要你还是人，你就能原谅人世间的现实

一个人的时候

一个人的时候是太阳
不问纽扣

一个人的时候是沙漏
不惧时光

一个人的时候是乡愁
不论春秋

一个人的时候是爱的缺口
不用泥沙

一个人的时候是小舟
不问去留

一个人的时候是一首诗

写满额头

一个人的时候是欲说还休

是守是收

冬天里

这个冬天工作占了上风。

理性与感性的翅膀重叠。

还好！今天可以好好地把这个冬天

闪了腰的雪花，凝结成水沏成我心中的一壶茶。

沉默，无视。放下，山上山下的荒原。

用心欣赏用雪花泡成的桂花茶。

心中的太阳花，月亮船，此时此刻——

都不及这壶茶。

是的。故乡，是回不去的昨天。

而你是冬天的一棵树，不能砍

更不能乱碰，穿过童年的村庄

不远处，不久

我相信定会是又一个春天的萌芽。

（发表于《拉萨日报》2018年12月9日副刊04版）

此地

此地的蓝色无可复制
此地的天空不可逾越的明亮
此地的水不可替代的清澈
此地的人不可比拟的忠贞
此地　此地　即西藏

循着此地的脚步，来到拉姆拉措
我触摸了前世，也感知了来世
水滴轻落，淋湿了我内心的海洋
回忆中的雪花，迸发的残留
诗意的灵感总在漂流
直至今天，我瞥见了此地的蓝色
才悟到，过期的船票已不能携带渡航

说不好

过得行尸走肉的人
免不了看重过他的心，他的肝

荒原中的熊，爱人
如果不能修成大道万般情缘也是枉然

白天与黑夜
人生中的三天

别再说你爱我有深，说不好
也不好说

写给天堂的妹妹

十八年后的清明是白昼中的黑色
照不亮你前世的小窗

给你写信说人间的桃源
也不见你回音

白色是你在人间最后一件衣
漂在尼洋河上让我看见了你的泪

为你化了白色的妆，父母喊了一声
幺儿
连老天也泪流满面止不住

天真的人不代表不谙世事
荒地唤醒了我活着的心跳

妹妹啊，你是我辗转了六千多个日夜的亲人
清明节，原谅我从来没有正视过你的离去

天各一方的悲伤无法抒写
我只能用三炷青烟遥寄你

四月飞雪

四月飞雪是山河不可解释的情
醒来换了新装自己也笑了

一件无言的洁白
西藏总是对雪情有独钟

心里的一场雪
不知如何着落

看一张照片想拉姆拉措
就不会不是我心里的秘密

（发表于《拉萨日报》2019年6月1日副刊07版）

回忆

回忆是结了果的序言
一个人和三座桥的故事

以前喜欢一个人，现在喜欢一个人
山珍海味
并非所有人都需要尝一尝

踮起脚尖够不到的星星
孩童也不想再玩的花样

爱情并不是珠穆朗玛峰和万里长城
你送给我菊石(化石)
我也未曾打开

晚风，爱散步

晚风，爱散步
下雨也捧着一杯蓝

走回家，我哭笑不得
咸有咸的味道，淡有淡的味道

这个秋天的童话
不是不懂，是你在晚风中散步

寻歌

春天野鸭在拉萨河中游
花花草草在生长

夏天一下来到了冰天雪地
你却说，我们之间不该说“对不起”

这里油菜花秋天会开
你说是不是另一个春天

一支笔

一支笔刻着“北京大学”
病中的礼物像极了是一首诗

上一刻，要了却红尘
下一刻，又拿着笔和剑

我说，风是诗人
你说，那我们就去“玛吉阿米”坐一坐

夏天是高原绿色的翅膀

夏天，是高原绿色的翅膀
坐上去，时间会牵着你飞
有枯树的根和吃草的牦牛
还有蝴蝶飞过和雨落的印痕

此时，高原漫出了雾
它们来自天上，洒满了我的眼睛
安静　冥想
活着与死去
我想，只要有爱有梦的人足以帮助自己
看清来路和去路

（发表于《拉萨日报》2019年8月8日副刊7版）

有个数字

不会重复的雨天

有个数字是个谜

它不是山也不是水

也不是小狗小猫

你请我喝一杯咖啡，我送你一杯蓝

天上的云总在动，地上的花儿总在想

到底是何年何月

我想变成一匹马

我想变成一匹马
放在诗的栅栏里

喂个苹果和青稞都好
头昏是我失眠的果

你说的伤
是冰激凌和火龙果的昨天

你说你走了弯路
我说人生没有哪一步不算数

这一天，写给自己

每年，这一天
我会与她正式约见

雨落在我的发际
我坐在石头上看云和树

我还做着梦
鲜花、海滩、月亮船

面对面，心对心
命运的预言师其实是我们自己

宇宙万籁俱寂
最后剩下一个我，与永恒对话

与风对话

风儿啊，你悄悄吹拂我耳畔，
告诉我古老的故事和传说。
你轻轻地低语，带来远方的消息，
让我心神飞扬，思绪万千。

风儿啊，你携着清新的花香，
穿过山川湖海，流连忘返。
你摇曳着树梢，唤醒沉睡的大地，
让大自然的声音响彻云霄。

风儿啊，你是自由的化身，
没有枷锁束缚你的灵魂。
你穿越时空，飘过高山和峡谷，
见证生命的起落，感受岁月的沧桑。

风儿啊，让我借你的力量，

展翅高飞，超越人生的荒凉。

与你对话，感受自然的奥妙，

在宁静中领悟生命的真相。

心的里程

中秋节，我被山感动了
那两字我们是认识的

梦里梦外，花开花落
谁能计量自己的里程

我说好不寻常，你说好正常
偏偏谁也没理谁

简

——挂在树上的月亮

我喜欢挂在树上的月亮
该从哪里说起，东风里的辽阔
金色里有金色的包容
对啊，这是西藏的秋天

遇到纯粹真实的“简”
深秋就会有感动的诗篇
她对艺术的虔诚和执着
超越命运对她的不公

真实的“简”，总是在行走
即使做梦也留有脚印
我不知道该从哪里说起
什么都行，什么都美丽
你告诉我

该珍惜何时的时间
我担心挂在树上的月亮
会消失

（发表于《拉萨日报》2019年10月10日副刊04版）

追求

透过太阳看雪山
会漫无边际

听孩子读书声
会忽略阅读我的白发

西藏的阳光从不偏心
365天都在值勤

你问我冷不冷
太阳潜入土地会发声

牛羊吃的草
季节是自动的画笔

理想与栖息之间的笔

是夜里不失眠的花

关于美好，关于你我

终是你自己说了算

友情之上

藏羚羊把我和山丢在身后
有雪无雪都像神站在那

高原的生灵重生一种色彩
遗失的项圈是我们春天的回忆

再度站在山的背面
我们看着藏羚羊笑而不语

立冬

今天是你的生日
雪带着风的呼吸

楼前两棵树
说近就近，说远就远

无语的心境，无立的文字
落叶要得很简单，但从不说

爱和节令的禅语
是一个人的洁白

立冬走在高原上的人
其实是在寻找时光的秘密

你给我说是秘密

没有人没有秘密

看来已是公开信

我见过风吹动河流

不能用时间来计量

上帝的知音

风带着笑却隔着一场梦

青蛙和冬天的故事

风是见证者

有你没你的日子都有一朵云

你还给说是秘密

哭吧哭吧不是罪

大海里的珊瑚

说与不说，都很坚硬

喜马拉雅上的雪莲

见与不见，都很洁白

生命和爱情的雕塑

并不是尼采说的“他人即地狱”

珊瑚继续是珊瑚，雪莲依旧是雪莲

哭吧哭吧不是罪

冬日阳光

冬日见太阳
包括森林里的树叶
有一种心事分不清——
“想[1]生”“相[2]生”“流注[3]生”

从天边到天边
从西藏到西藏
从寒凉到寒冷
今天和过去，过去和永远
“释迦拈花，迦叶一笑”
我们都有一个属于自己的格子

---

1 是想法的想，指人脑海中的胡思乱想。

2 是物相的相，指人的欲望。

3 是流动的流。注解的注。指“想生”和“相生”共同造成的现象。

没了冬天，没了眼泪，没了生命神圣的仪式

你说，风在动，树在动

我说，是　心在动

雪问

雪落下的声音
是穿刺心的节奏

唐宋的冬天也有心跳
风一样的歌声在奔跑

时间忘记了清晨
荒原捧起的雪是信鸽和梅花

神湖不说生死轮回
我们也不问风花雪月

冰封

一场雪和一个人
是被窝以外的一首诗

撞见过冬的背心
露出了膀子

站在布达拉宫前
让我从此多了一颗心

后知后觉

春雪叩开
前生今世的你我

真正的原型
阳光下叠加的影子

站在雪中的我
发现了邮寄的地址

快乐的雨

雨中

蜉蝣　草蛉　蝉　蜻蜓　螽斯　蜾蠃　叶蝽

逐水的土凤

它们在枝桠　在树洞　在竹节　在溪涧

在一切可以寻欢作乐的地方

彰显快乐的本能

甚至伪装

常常弄得我们　以为它死了

雨林中的王国

好想去追蝴蝶

跟螳螂谈谈心

好不乐哉　悠哉　快哉

长大的云

昨晚，梦见长大的云

你说，是一只羊

今天，我踩着地上的草

偏偏又觉得是塑料花

明天，画一个你

你说，先画正在跪拜的菩萨

路过

春天
花依然在笑
草依然在跳

一粒盐
落在了手背上
好痛

天上的天
蓝蓝的蓝

看归看
归归归

不灭的绿花

站在高原
几百里见不到一个人
不灭的绿花
也是树洞孤独

黑莲花

我想
生命中的三天都是诗

黑莲花
有梦是一种生活
无梦是一种生活

听见月光下的琴曲却不见人
反而多了半个月亮

别说你忽视了364天
偏爱了今天
幻想地等待
你的尴尬会立地成佛

鹊桥遇见彩虹

荒原，我看见了你

忘记了天上人间

鹊桥　鹊桥

牛郎织女因你成仙

为了这望穿秋水的相见

你们守候了多少年

河流枯了，炊烟散了

一桥的七彩相拥

我成了桥头见证的唯一

金风玉露　对跨世的爱

也无法诠释

于是　我学会了仰望

仰望星河　仰望天上的炊烟

即使海枯石烂

也否定不了你飞架的意义

（发表于《拉萨日报》2020年6月12日副刊07版）

我最喜欢的一天

我最喜欢的一天是今天
十多年后回到我出生地
看见窗外
有父母在树上摘果子
小孩在看，我在笑

我最喜欢的一天是明天
有日月当空，有书可以说话
内心赤诚，从不后悔
爱过石头一样的自己
爱过云朵一样的别人

我喜欢今天和明天
并不讨厌昨天

所有的所有，只要存在就有理

有心就会通向蓝天的蓝

白云的白

第七天

面对第七日

我不知该怎样命名

与其说是休息

不如说是我的冥想该有一个结果

人都有七情六欲

我懵懵懂懂跨过了六

七的情却成了传说

七仙女，嫦娥，七星

怎可诠释七零八落的生活

七拼八凑的文字

想要还原情欲的故事

却成了赌场上最大的奢侈

二十一，是庄家的劫数

美好的七是劳作的幸福

祭奠的七

是亡灵出发时的眷顾

美丽的梦

需要七小时的点数

连纯水中PH值也有七

传说佛祖一出生

就向东南西北各走七步

步步生莲

理想中的白雪公主

也需要七个小矮人的帮助

冥想　憨笑　笑中泪目

请允许我把哭笑都埋入莲心

重读过去与未来

等闲喜怒哀乐

闭上眼，跳出世界看世界

我理解了七的灵魂归宿

太阳神与月亮神

笑容依然　我从容定格为 一朵美丽的莲花

对话

月儿挂在树上荡秋千
那是草原赛跑的节奏

我喜欢的水晶，一睡就是千年
无关掌纹与爻辞，我们没变成风

倒影里的倒影
大海不老就会重逢

鱼儿和鸟儿同在一个星球
何必再问

多彩的生活

云在雪山顶上
生活是部连续剧

百年坚守不是神已是神
轮回的脚步是一世的笃信

念珠十万不是目标
是一个轮回的节点

画一幅珠穆朗玛峰送给你
丈量登顶的天梯

千年前东坡的诗还在心里吟咏
用脚步写成的书是最好的证词

百年前梵高画的向日葵

是柳叶张开的无数次口

曲径通幽

曲径通幽

是个成语

是首古诗

是昨天和今天不同的格子

曲径通幽

三只眼睛

两只眼看人间

一只眼看天上

（发表于《拉萨日报》2021年2月23日副刊07版）

当时间凝固

无关风月，无关信仰

雪山一直在

“夕阳西下，断肠人在天涯。”

并不是故乡

无来由地唱歌

荆轲刺不刺秦王

灯塔亮不亮

世界从来就没有变样

行走雨中

走进，我看见了一群人
走出，我看见了我自己

走进走出雨都在下
绿度母也在
打着一把伞

拉萨，春天的诗（十一题）

风

风里藏着秘密

手里写着诗篇

天空

天空上有一只风筝

而我是追风的女儿

过年

没有回家乡

没有你的眼睛

拉萨

我全部的心跳

太阳都看得见

拉萨河

流淌在河里的水

我想，那是姑娘美丽的眼

雪山

白雪护着山脉

我长大了

土地

辽阔的雪域高原

我想把她编织成金色

远方

天上的月亮在游走

地上的花儿在盛开

心事

没有颜色

没有声音

梦

我想神仙也会做梦

毕竟有梦就会有爱

诗

诗是花，是梦

诗是蓝，是爱

一月的诗（五题）

一月

一月，你说是冬天还是春天

撒一次谎就会知道真相

一个电话

一个电话，不是我拨出去的

一句问候，我知道是你发来的

一个秘密

一个秘密，藏在雪地里

一个答案，藏在时间里

一种爱

一种爱，不会开花不见月圆

一个季节，不会笑你不懂思念

一夜

一夜畅聊的人不一定是爱人

一颗星划过也不代表是流星

二月的诗（三题）

二月

一棵老树开花了

走来的正是孙悟空和他师傅

长大

你说孩子叛逆

我说一朵云在长大

十年未见的同学

在老家辨认青菜萝卜

无关你在南我在北

三月的诗（三题）

小鹿

我想，迎接一个春天

是梅花飘落在小鹿身上

叙说

花色躺在宋词的床上

想起了自己的孩子

掉进窗里的月亮

我把悲伤种在向日葵里

掉进窗里的月亮也不声不响

北京，五月的诗（六题）

天空

我，在人间流动

你，在我心中无孔不入

百望山

五月。北京、拉萨，3000公里与1300米，

山与刺猬，见惯和初遇，皆有。

长相思

塔娜，我们在北京相见

你说，有一种相思，不一定是异性

草原天路

不在西藏，在张家口

看到了不一样的草原天路

见同学

天津。20年后的重逢

你说，“我们是青梅竹马不为过”。

我说，“我们是桃花潭水深千尺也行”。

爱别离

五月。我们成了同学

你说，爱别离如同潮湿的天空

我说，爱别离如同满天的玑珠

六月的诗（五题）

风

六月是风的好友簿

石头是玫瑰的花语

雨

雨季的秘密

流水的锁链

儿童节

不老的流星

不灭的童心

芒种

夏季第三个节气

在西藏相思

夏至

看无用的书做想做的梦

吃碗面喝杯水想想永恒

十月的诗（六题）

雪国

太阳从不偏心

满地都是眼睛

黎明

我们的梦无度

清除各自的苦

回答

时间空间都不如心间

你不在身边，我也能见你的绿水青山

希望

秋天的童话

醒来是一个节日

十月

没有遥不可及

只有一五一十

拉萨

一个城市有它的真实

一个人有他的故事

（发表于《拉萨日报》2018年11月15日07版副刊）

时光（五题）

春天

三月

近了，冷；远了，热。

柳芽

纵然死过　绿眼也闪

飞雪

桃花爱上飞雪

再晚也要说爱

玉露

穿越大半个中国

还活在高原

时光

命运的水

一去不回

拉萨，秋天冥想（六题）

桂花

桂花香是月亮掉下来的香

有彼岸的人，不在现世里

青稞

游子的笑在山南

溅起生命的律动

仙境

分不清是人间是天上

我们全疯了地笑

故事

一个对往事忠诚的人

是对神湖禅定的姿态

村庄

背影是梦里的船

谋一面就是一生

灵魂

掉进窗子的月亮是一块玉

只能冥想，不可亵渎

我不想说（二题）

竹石

竹是竹，石是石

再见仍在昨天

雪化了

星光击碎了夜的黑

窗是窗，门是门

春天刚刚露脸

沉思（三题）

美

清晨，看到你
成了天天生活的必需
每个会呼吸的毛孔
迎来了一天又一天美的思考

太阳下的影子成了我
让冬日带着原野的多情
让我体会着孤独的自由
日月同辉的写照
这是清晨
爱起早的人淡蓝色的回忆

我没说留得残荷听雨声
但你还是读懂了我内心的湖水

你带着满山白雪的气息
把我，一次又一次
变成了太阳下的影子
你走到哪里，我就会出现在那里

爱

不是不爱，是太爱
是天空幻化成了云和影
不是放手，是放下
是时间空间让白发变成了两根芦苇

疼痛地尖叫
百转千回
我们的心已是两颗熟透的红枣
别看它皱巴巴的样子
却内含着生生不息的种子
连着月亮都笑言
别小看一个单纯的人很简单
爱过，我们就是歌是诗

真

很久没有去布达拉宫广场
今夜月光如水，听着歌
穿行于夜莺这个词

静默并不等于黑夜
我听到的声音，是夜莺的啼鸣

没有任何念头地听
星河也会为你而来

夜的沉思（十三题）

云

争吵

会长成一朵云

雨

雨是西藏五月的海

面对你，雨从来都是经典

谜

呼啸山庄的人没了影

像极了我，从未分清天空和大海

静

春天不内疚

梵音的语言总在开花

望

石头缝里的草已被雪吞

扎马尾辫的姑娘不见了

雪

长了皱纹的水已远去

雪花也无从着落

《阿Q正传》

坟墓上的野草

暗影似《阿Q正传》

迷雾

“环卫工被罚5元杀害队长”

压弯的空气，在大地上多出了雾

“下头”

她常讲畜生道

大家眼里她是君子兰

而视频揭示她原是潘金莲

爆竹烟火前，看不清脸

听见了一种笑

我确认，是一种笑

试问

网络术语是不是叫“下头”

一滴热泪在奔跑

我梦见了你

是大海与白云的碰撞

是大地与阴影的怒吼

是大象与蚂蚁的急转弯

醒来，是一滴热泪在奔跑

我没有再做梦

和我一起醒来的小金鱼

房子中的房子见了光

月光下

月光吞了一只苍蝇

一个四十岁女人说

即使我没赶上日出

也错过日落，请相信

还有满天星辰

写给未来的诗

我把青山和绿水装进漂流瓶

请日月星辰来助力

今时今日的花好月圆

能否抵达

明日的明日你情我愿

晚春

拉萨的雪山在风中
老柳冒出新的眼睛

土地没做过绝育手术
表白，我回来了

晚来春天的你我
是浇不灭的火焰

雪来的时候

清明节

将缺陷深埋拉萨的雪中

学着用玩笑说正经的话

只能以雪花一片，清泪一滴

化作一缕风　再次吹生

布达拉宫脚下

坐在布达拉宫脚下

双手合十

害怕起风

掉了泪分不清是雪花是泪花

牧羊人把杂草变成了庄稼

荒芜与美德再次较量

千里共婵娟

千里共婵娟
一颗菩提在心上

白云
蓝蓝蓝的天上与大海相见

重生。种在时光里的向日葵
最懂。因上努力，果上随缘

你把心写在围城之外
我把心放在千里共婵娟

我不知道

高原的绿是六月的翅膀
会说话的鹦鹉是风中的天使

我们会不会瞬间化为乌有
我们会不会瞬间长着翅膀

我想起了狮泉河，象泉河，孔雀河，马泉河
他们是以动物命名的河流我却不知道

风在流动地笑

某个时候，你委屈，你受伤

上一秒明明在笑，下一秒又泣不成声

爱打扮，照镜子，洗洗澡

某个时候，你养花、听雨、读诗

在黑暗处，望着星星，掉着泪，还抱着一只小猫咪

看见了石头会开花，风在流动地笑

这就是你，也是我

追寻春风的爪印

冰雪遇见了阳光
把自己丢在了云雾

猫爱上了老鼠
老鼠爱上了大米

有些花春天不开
有些情春天也不动

不会表白的猫和老鼠
我想，它们应该在等春风

独步

黄昏没有固定的画面
听着歌犹如吃了巧克力

迎面走来的人和小狗
是拉萨另一道的风景

想象力是独特的舞蹈
包括花花草草和小金鱼

可以说一个人独步在黄昏
也可以说是黄昏在独步

注定晚熟的人

别问用了几只眼
躺在房里，远眺

风吹麦浪
一男一女手牵手

微笑的眼泪是钻石里钻石
跟明月无关，注定晚熟的人

实习生

独坐

清风发现了我

红尘之外

我看不见森林和他

“人孩”想当一匹狼，猩猩想要红花

而我只是个实习生

我听见了氧气的呼吸

如果不来西藏
真的不知什么叫缺氧
直到我害怕咳嗽，害怕生病
害怕听说从区外带进来的猫狗缺氧都死了

打开门
走出去，走回来
多年来，有过数次逃跑的冲动
后来，后来
睡觉都能听见氧气的呼吸
多像苍穹的星辰

路过

黑色的狗狗

我经过时都会摇着尾巴向我奔来

当我蹲下抱起它，忘记了我原本要继续前行

出门　回家

回家　出门

勇敢的攀登会换来一个爱笑的眼睛

真心的爱抚会换来一个果实的低头

呵，到底想表达什么

一行行脚印在画家的笔下

是有形的画 无形的诗

甲玛沟

走进甲玛沟
松赞干布的出生地
走进庄园
解放军曾在这里向差巴开过粮仓
走进原野
麦田是秋天的太阳
走过红墙
能见到想爱的人

停下来，慢慢看，慢慢走
和村庄的老人和小孩说说话
给他一瓶红牛
目光却投向了写意的画家
因为那不是五颗星星

捡起五颗麦粒
放进了他手中
我也变小了

（发表于《西海文艺》2021年冬季卷总第039期）

思金拉措不说话

第一次与你对视
思金拉措不说话
就被千年的阳光感动

亲近你
就像亲近一个出生的婴孩

雄鹰从天上飞过，理解了
思金拉措不说话
还有玛尼堆
以及雪的雪莲花

黑颈鹤

墨竹工卡
有黑颈鹤、斑头雁、虫草

黑颈鹤
藏语叫“格萨尔达孜”（即牧马人）
不喝清明节的水
不吃成熟的庄稼
一生只有一个伴侣
是世界上
唯一生长在高原的鹤

我们称呼她为
仙鹤、吉祥鸟
大家都知道格萨尔王降伏妖魔
为黎民百姓除害它也功不可没

走过海拔5000米

不能说缺氧，因为有她的存在

一切的一，可以忽略

尖叫声被白雪翻新

看看你心里留下什么

再看看你

是不是又会想起

哈达的白

（发表于《西海文艺》2021年冬季卷总第039期）

常愿

彩虹落在了布达拉宫
落在了我头顶上

离天最近的地方
鸽子在天上飞

你是初次来拉萨是常住拉萨
我们都会默默地祈祷与感恩

五颜六色里捕获一首诗
教教我
如何当一只鸽子

浮萍

浮萍是不落地的行者
群体的姿势出现
风声写着不同的语言
自由战胜了无根的悲伤

下雨了，天空与大地喝茶聊天
满山的牛羊在看曼陀罗

天边孤雁，水上浮萍
要快乐，要轻唱
人生苦短却从不曲意迎合
试着擦去眼角的泪
直接入药可好

晚风

我把悲剧编成千纸鹤

挂在窗外，交给晚风

风中的歌声不会有尘埃

总以为千纸鹤在赶回来的路上

太阳底下无心事

偏偏把千纸鹤托付给晚风

星光洒满的糖果

不说话也很好
你分给我半个月亮
萤火虫和握着笔的我

大自然的孩子处处是家
落叶掉了一地从来不叫失落
太阳发亮也不认为是她的专利

路上走来的孩儿最会说话
星光洒满的棒棒糖
一定是你喜欢的味道

甜蜜的漩涡

你将甘蔗递给她，她则将口香糖转交他
他又反复将口香糖给另一个她

甘蔗和口香糖都有甜味
水在月光中长出了皱纹
最终要么化为渣滓，要么被抛弃
谁也没好意思再说爱

礼物

清晨，柳树枝上挂满耳坠，项链
——这是冰，来自远方的礼物

是谁
知道我的地址
我的生日

如果我收下这份礼物
该怎样打扮
又该
去见谁

冰封的嘶鸣

自然发动了一场冻杀天鹅的行动
天鹅的喙被冰封，有的已陨落，只有脚还在说话
她用她的眼泪和体温拨开了它的嘴，纵使只有一只
弄得对面的哑巴姑娘
通过手语：你唤醒的不仅是天鹅的沉睡
还有我们

婉然从物

雪山上的玫瑰
能说的爱是风中的笑

女子伤春，男子悲秋
四海八荒，日月星辰
微妙的春天改写了一笔爱
随遇而安写成了婉然从物

我对天边的美，最初是蓝蓝蓝
随后成为灰灰灰，最后变成白白白

一生命运是一滴一滴的水
一如所有颜色都可以变白

鲜活的道具

旁边一直在说悄悄话
没有蛐蛐及物种听得懂
鲜活的道具望向了窗外

风在阳光下为山低鸣
水在河流中找到了源头
把苦瓜泡在黄连水里
彻底了，就不会再感到苦了
这样的风和水，也不会感受到无形与有形
在眼前晃

驻村

我突然添了一个家
开门见山，关门见山

四月，不见桃花开
唯见柳芽儿，让我也沾上了春色

如果你来西藏的话，不用我解说
如果你没有来，怪我没有给你寄去
小孩的微笑

满山的牛羊总是一副吃草的样子
而我从未见过满地的草

走过它们走过的地方
主动与荒山、牛羊套近乎

才发现美的并不是我们
是那些零星冒出的嫩绿
少归少，一直在生长
小归小，一直在成长

岗吉村雨中记

初夏雨中的千手观音舞
是雨季来临的前奏曲

雨中站在岗吉村村头
每个表情，如同太阳花

群山有意无意伸出手来
向久违不见的亲人
握手，如同猫吃了鱼

村前，路边树上有一个鸟巢
没有因为冬天的凋零而消失
鸟巢里的鸟，也没有因为天气好坏
而换了蝉鸣

好久不见你，突然想喝酒
忘了问你诗歌是什么

雨一直下，我像个小孩一样喊着
雨季来了，怎么不打招呼

那一朵花是石头

那一朵花是石头
开了眼长出了花的形

要丈量我与她的距离
只能用时间和心

午后我被按在了石头之上
和光线之中。她成了这山中的王后

我来岗吉村没有比看这朵花时间多
你说，是石是花

重新呼吸

作家旦巴亚杰讲
藏北马的由来
鱼和鸟共生了5个不同颜色的蛋
牦牛从生到死，从里到外都是人类的伙伴
格萨尔来了就不该离开草原
藏獒是人类最忠实的朋友与财富
晚上星星出来的时候狗咬人，你会很惨
太阳出来的时候狗咬你，你得赔一只羊
如果人被咬死了，你得赔一匹马
狗死了耳朵里面要放9颗青稞
……
我听着，完全变成了孩童

面对西藏
每一个存在都是西藏的宠儿

面对西藏，一无所知的我

重新呼吸，该向阳光道歉

喜马拉雅独蒜兰

人算不如天算，众蒜不如独蒜
该怎样向你致敬
孔子，怎样才能配得上
你的感叹——“兰当为王者香”
或者王羲之，怎样才能以
一瓣新香，配你摹兰
少帅本不缺兰
身边的赵四小姐
端是兰质蕙心
而我在，喜马拉雅的邂逅
你在高山遗世的独站
从来不问
动物植物的呼吸与风吹草动

再见，你在石缝，在悬崖

无须问，你从哪里来，你到哪里去

上苍啊，造物主是不是早已策划好了
这喜马拉雅的独蒜兰

谁是谁的声

酒吧

听不清谁是谁的声

吧台。有一个调酒师，旁边有一个女人的背影

正在吃着沙拉，这场景像极了某部大片

明明说要爱你一生一世

要么赶紧转世

吃着吃着手中的刀叉已分不清

这咸，是海水是湖水的味道

处方笺

只有被初一和十五的月亮都关照

和没完没了的右上腹疼痛过

才配得上　飞过千山万水才得来的处方笺

赤芍、木香、郁金、白茅根、合欢花

救我多年疾病的都是我素不相识的花花草草

一个曾经不懂爱的人

多年后，想起

依然感念，一花一草皆菩提

七一颂

我站在南湖之畔聆听风的声音
你的诞生如期莅临
随波荡漾的游船
在湖面上写成“七一”
刺穿101年前的混沌与迷离
黑暗中我们在一起总能看见黎明
我追寻着101个年轮的轨迹
满含热泪仰望南昌城头飘扬的旗帜
井冈山的星星之火啊
照亮苦难深重的这片土地
二万五千里踩下的每一个脚印
都是一个音符　谱写镰刀和锤子的生生不息

我追寻着一个世纪多的乡愁
掬一口延河的水啊

信天游的豪迈激荡
黄河之滨“永不叛党”的誓言铸就
“为了民族血战到底”的壮举
去看看牡丹江可把投江的人送了回来
因为今天是“七一”啊　党的生日
去看看　江姐和小萝卜头
因为今天是“七一”　母亲的生日
去看看董存瑞吧
因为今天是“七一”啊　党的生日
“我是中国人民的儿子，我深情地爱着我的祖国”
“小平，你好”啊
听听伟大复兴中国梦道路上的铿锵进行曲
这是“新时代　新经典”的思想强音

尽情　唱吧跳吧
唱出　我们的热情 跳出 我们的豪迈
只在“七一”
只为“七一”

绣红旗

红旗为大
大到胜过世界所有的花
繁星点点
敌不过五星的光华
五十六个民族
五十六朵芳华
嘉兴南湖铸就的旗帜
在天安门城楼上高挂
旗的海　歌的洋
汇成五千年最美的朝霞

没有共产党就没有新中国
十四亿和声
从南海唱到喜马拉雅
歌和旗汇成的大潮

穿越百年云烟
抚平了一个多舛民族
遍体的伤疤
薪火相传　潮涌中华

越过一道又一道的沟坎
潮到之处，万苑奇葩
田野种出永丰
产业园泉涌互联网＋
心里用诗用歌用纯真的情
把世间，最美的爱喷发
我不善唱歌，也不会针线
我只有用心用情用爱
绣红旗，绣红旗
把生命最高的信仰
绣进每一点红，每一颗星
每一个民族复兴的伟大

蝴蝶买单

难免有苍蝇、垃圾、污水流入河流
用心看猫咪尾巴总是在测量的姿势
再看狗狗嘴巴咬着舌头睡着的样子
你说，你能控制人那张嘴吗？

如果苍蝇犯了罪非要蝴蝶买单
我不敢说对坏人仁慈就是对好人犯罪的话
我只能说，试着天天喝一杯清水
再用心跳一跳千手观音的舞蹈
你会重新遇见自己

梅核气

有一种病叫“梅核气”
即使站在太阳的最中央
也像是冰天雪地在行走
要命的是再美的花瞬间变为残枝败叶
她不知道这么多年稻草人是总导演
每每想起，眼泪成了蓝色的海洋
风有意无意穿过胸膛
她不敢往下想，明明是一块洁白的玉
偏偏被人千刀万剐

回到原野，面对山
主动握手言和
请她喝一杯合欢花茶
才知道这是治病的解药

仰望星空，化身为海

星星说

这就是某个阶段的成长

静默

安静的静，静默地默
秋天的花，秋天的果
该开的花依然在开
该结的果依然在结

特别想知道这个秋天
何时把蒲公英收回去

突如其来的枪声
风在打滚，鸟在啄食虫子
看彩虹与洒水车的背影
流水与空地，山与山之间
我们只能隔着窗
写意春风

吃着高粱与玉米，鸟儿暂时放弃了飞翔

要想飞得更高更远现在你就得静默

静

默

窗里梦外

这个秋天
游走于窗里梦外
时间在她面前
长长了，变异了

我拉住窗影跳跳舞
风儿不时伴伴奏
君子兰一脸默然
难以分清，秋天到了

窗里梦外。花花草草
成了最招人羡慕的对象
无关风云　无关你还想说的

撕裂伤

我不愿回忆
早已把过往交给了风
在经幡飞扬的地方
回眸　再望一眼林芝
那些神山上的白
盖住了内心里的黑

唯有时光里的脚印
将大地轻轻撕裂
即使轻如一粒雪
也有一座山的重

此时此刻

这个秋天

空气又自在自由了　放眼

像湖泊

我没写诗　总做梦

第一次感受了空气的存在

而在此

我早已活了亿万年

看云

坐在窗台看拉萨的云

深更半夜，有个宝宝

妈妈又哄又骗她睡觉

谁知她跟着妈妈

对战。还不时发出笑声

弄得妈妈无奈地望向了窗外

逼得她说了一句

“毛毛虫”来了

下雨了

下雨了，我想
好好睡一觉

电闪雷鸣的天空
说近也远
明明是想说心里话
偏偏绕过北半球东扯西扯

云里雾里
也没什么不好

谁说秋天秋雨秋意
我们就要一览而尽

空白格

到天台去看天地
像极了另一个空白格

飞来飞去的飞行物
分不清是花是蝶
与其说是站高了
不如说是　看得还不够远

这里
一天有四季　十里不同天
还赶上了　我走几步
一边晴天　一边雨天
原本想大声地说声　我爱你
硬是被藏獒瞄了一眼
吞了回去

面向苍穹

上吐下泻止不住

你就会理解生不如死

还有失眠

不懂《黄帝内经》

这次救我的是白萝卜、藿香正气水、盐开水

天亮了睡着了都在感念

你煎熬神也煎熬

生命不能承受之重

为什么不试一试

面向苍穹

屋后

屋后的山天天陪着我
太阳天天陪着屋后的山

我感动山一直在
山却说太阳也是

睁眼闭眼都是山
我从心里能感觉

神山不说话
暖阳不吭气

寻找真我的人儿
你苦，菩萨也苦

太阳与山的对话

定会长着另一双翅膀

这秋天

这秋天，看见月亮
我有些站不稳

这秋天，看见月亮
我眼睛比平常圆了很多

这秋天月光霸占了公路
我站在一角

秋去秋来

掉进一片叶，想起了
多年前

一个眼神
没有多余的一句话

今夜，我仿佛又看见了
世间的另一端

晚风

看你拐弯，降落
晚风不言，所谓一生

雪封的群山
包围了蒙娜丽莎的笑

天地间的回荡
终不如，内心变化的永恒

我要继续做真实的自己
看花时花在，不看花时花不在

记录

一只中国狸花猫
不时穿梭在我们住的帐篷
白天是猫生
晚上是闪亮的星

作为人类，我想把这不一样
包括正在河里游弋的野鸭
还有那一双双最显眼的眼睛
记录下来

坐在石头上的天空

坐在石头上
避开盐与井
月亮透过枯树找到了我

用心品尝一碗藏面
小麦低头，不代表生命的尽头
土拨鼠的叫声，不见得是恶意

一个六岁的小女孩
突然冒一句
“英雄可以受委屈，但你不能踩我的切尔西”

坐在石头上的天空
翻了个身
还飞走了

登峨眉山

登峨眉山

落在雪地、石头、树丛中的脚步

会不由自主地保有过去声响和光亮

超自然的力量

一步一步向上飞翔的翅膀

路上，有年过八旬的老人拄着手扙的身影

三岁孩童的笑声，以及

中年人摔跤后继续攀登的姿势

登峨眉山

记忆的草木都在摇动

望着日月交辉，金光闪烁

先是默然，然后相拥

金顶上的广大，我们最终喜极而泣

大地之下

惊雷也未能破解密码
颤抖着我写了一个又一个数据
却无法辨识是石头还是云朵

二月的风本该是乘着绿色的翅膀而来
偏偏这里的春天还在冬眠　和着冰雪

冰封的大地，藏着我无法看见的博物馆
破解我的困惑

身边一只毛茸茸的大白鹅打量着我
抱了又抱，又生怕密码破解了
停止了成长

蝼蚁

屋前的小河冰冻了
小路也冻了，阳光似乎也凝固了

途中，我从索道飞过
满地的花花草草　一清二白
看天　看地
再看看脚下蝼蚁一样的人们
在人间重复蠕动

此时，悬空与恐惧会飘过来
想起你和他的故事
两只蝼蚁
相互纠缠的一生

突然

冰雪占满了这座山
草变了色还没了形
二月的风好似在奸笑
而我，突然想哭

胃疼全怪辣椒惹的祸
心疼全怪猫不会说话
植物动物躺着中枪
毫无怨言地我行我素
跟明月清风打得火热

回头，猫咪请我吃大老鼠
我只好生吞一百元人民币
以作回应

我能说什么

突然的悲伤其实也只是突然

别把自己看太重

别把自己看得太重
静默会给你答案
别说自己过去与未来
春寒是这里气质

手中笔会说话
尽管这里已无风无雨

没有标准的标准
最有理也说不清

网上买了个电饭煲
拉萨煮不熟饭
只好寄回四川给妈妈

高原　高压

让我看到了很多星星

还是静默好点

《瞬息全宇宙》

关于谁收留一只猫
结果谈到了雪山与草地，谈到了青草与骨头，谈到了生育
谈到了宇宙等

一日将尽，听迈克尔•杰克逊无法超越的经典
看一群美女在群里发各种摆拍的穿搭
我该说点什么，比如
一张有质感的照片，一条无法抹去的皱纹，一双玛丽珍红舞鞋
这一个又一个一，记录着成长与记忆

我能听到氧气的声音在瓶里冒泡
黑夜一点光，手指长出了像蜘蛛一样的指甲盖
风不言，雨不来。你却说酒量不好
一切的一，一的一切
陌生又熟悉

继续听跳舞的音响，码着字

是不是《瞬息全宇宙》

生活

上午十点多的太阳多迷人
百花丛中见了自己和星星

花依然是花，星星还是星星
这不是无聊，是一种深度放松

河谷被灰色和雨水沾满
雨中石头的心跳格外动听

狗尾巴草并不像狗
猫却像极了这个春天

不常照镜子不代表无知
生活本是我们的一面镜子

这只猫，在黑夜中最清醒

这只猫，在黑夜中最清醒
尽管它会站在窗台嚎叫与叹息
我见过它24小时中不同的样子

它瞳孔会自动收缩
我见过它巡夜
尽管它已不用抓老鼠而活着
也不会问十万个为什么

当月儿高高挂，星星低头不说话
我站在一旁，屏住呼吸
两道绿光，越过屋顶

它好像知晓

黎明前对它存在的意义
命运没有对错，更没有好坏
它本是一只黑夜中黑色的猫

引 言

在社会中，人们常常会用各种方式来评论他人，不论是外貌还是成就，甚至善良和才情也难逃评判之眼。一些人会因为大头被嘲笑成“狮子头”；有着丹凤眼的人也被指责“不养家”；年纪轻轻就开始工作的人经常被批评缺乏良好教育；善良的人可能被说成“傻子”；坚持的人被认定为“疯子”，即使拥有才情的人也常常遭受人们冷嘲热讽。种种非议和负面评价让一个十六岁的女孩感到，周围的空气仿佛都带着一股刺鼻的咸味。

醒来的一刹那

春天的天本是生长的天
醒来的一刹那
网上又出现“自杀身亡”的信息
她回忆起往事和种种
恶魔还活着，她也活着

今人不见古时月
今月曾经照古人
人世间该用什么针线缝补
丢失的那一颗颗扣子

美丽总怪雪山覆盖
成功总怪失败纠缠
有总怪无中生有
虚总怪实发狂发嗲

死总怪生叽叽喳喳

怪来怪去

虚虚实实，明明灭灭，生生死死

这一天天，一年年

长到一生也没活醒

短到一次成了神话

这只蝴蝶光想不上路

这只蝴蝶光想不上路
前半生干了哪些事，上一秒又在忙什么
未来与现实交织的生活无从收拾

这只蝴蝶饮露水和空气
活在活着就是成功的安慰中
花是花，蝴蝶是蝴蝶

睁眼闭眼一种颜色
是不是对死亡的体验
想不透，就休息
因为这只蝴蝶光想不上路

谷雨听雨

西藏落光了的绿叶
又回来了，还带着雨

谷雨，牧羊人将种子埋在春天
像极了母鸡孵化蛋

我见过村庄，在山下
卓玛和花草不同色调
山沟中的鱼回来过
雨声漫漫，她比蓝天实在

谷雨听雨
会把我引向中秋节这一天

你读书的样子

你读书的样子
是一座庙宇，也是学校

你读书的样子
是一片蓝天，也是避难所

你读书的样子
是一盏灯，也是太阳

你读书的样子
是一只蜜蜂，也是农民，工人……

你读书的样子
是在读自己，也是在读别人

我在你读书的样子里寻找你

也寻找自己

（发表于《拉萨日报》2023年4月20日副刊08版）

见众生

他们初见，源于武艺
第一次比想法
第二次比剑法
第三次比心法

没有谁给谁表白
一盏灯替他们开了光

雪飞飞，风生生
一个有情，一个有义
结局。小方匣子
收了他们

坠入凡间的行星

——悼万玛才旦老师

坠入凡间的行星
故事只讲了一半

他是今世的明星名人
来世的莲花

这片木叶掉落
天都下了雨

无厘头

不要误把青稞当成麦子
病患者最了解什么是真爱

风依然吹
牛羊在地上跑
别说你只懂得白昼而不懂夜的黑
花开花落都有宿命

五月下过两场雪
都是生命的写意

路边的蒲公英开了花
如何将这个初夏表达

食用的大米、油盐不认识我

手中的笔更不知道我想要表达什么
年纪渐长只长皱纹不长心

以往我与你说话，也与树说话
跑来的云像极了棉花糖

有没有你的日子
我依然会做梦，写诗

天空和花朵我们曾谈论过
只是停留在手机之间
并无区别于一首古诗

与树木再说说话
这是我最后的选择
既然爱过，就让回忆长成一朵蒲公英吧

雨来了

西藏，只有雨季才会带来雨水
就是这么通韵律

五月，醒来的小草是大地的清明
让我笑了，她终于来了
她来了。雨不大，带着诗意来了

病怏怏的我，昨夜她来过就是最好的写意
我渴望这个季节绿色骨头变翅膀就不是梦

今晚月亮是祖先
那就没心没肺继续做个好梦

一朵云

一朵云变小

小到我眼里只有一片蓝天

习惯这个词好

好到天空是天空，大地是大地

习惯这个词坏

坏到你不是你　我不是我

今天太阳大到我无法直视

坏到我站在山的面前抬不起头

宇宙之瞳

1.

孩子，你的笑是妈妈的诗

挖掘出雪埋的瓜藤

高贵与谦卑相遇

尘土与星辰共舞

解开了湖泊的纽扣

2.

被偷走的不一定是珍珠

留下来的也不一定是钻石

3.

《掉进窗子里的月亮》

转身摔碎了

我并非嫦娥，也非蚯蚓
经过大昭寺门前花芸殿内
女贞是否赋予答案

4.
她在丛林里游走
成了个诗人

土地长成了庄稼
你能说她是个疯子
（傻瓜也是诗意的傻瓜）

5.
凝视群山
唯有雪花

6.
时光无法囚禁阳光
聆听供氧机声声涌
我被遗落山谷

有限与无限，尊贵与卑微

热爱与遗忘，轮回编织

若爱不能化作水滴，千般情缘又如何

7.

你的名字

我心跳的频率

8.

凌晨三点半手机关了机

梦里我接到了你的电话

9.

爱上你，仿佛嫁给了自卑

总是在追逐你远去的背影

10.

离开树枝的树叶

我再次梦见李白

孩童骑着矮种马

11.

盯着那绿苹果的绿

春天会把绿色补回来

12.

我见过将救命之财施予急需的人

犹如佛典

13.

想说天上的星星会说话

结果说成了路太新

14.

分不清是车声是风声

时间都笑

15.

一条路，写着歌

一座山，住着神

一朵云，在念佛

一个人，有他的命

16.

走过的路皆是生命的密匙

没有秘密的秘密似画中画

没有眼泪的泪是莫斯科

17.

你哭不是地动山摇

而是只字未提

18.

今夜星星没回来

昨夜也没回

或许明天会回

或许永远不会来

19.

你要偿还前世的债

才会有清澈的河

20.

不是每个人都可以老去

我爱你就像猫咪背着二维码

21.

这个春天君子兰开花了

怎么看也不是铜的绿

22.

候鸟带了一句话

踩着泥泞也可以画一盏灯

23.

太阳瞄了一眼 影子也会摇摆

24.

椅子摆在不同的地方层次也不一样

无论是放下放不下

都会是梦里梦外的一部分

槐树下

树一样的欢喜
我用至静至洁的心把你找出来
空灵、脱俗，出淤泥而不染
与我昨晚的梦完全不一样

车钥匙、耳机被误洗过
还能用，还能听
像中了彩票一样意外

美好和沉沦都让人觉知
好久没唱歌
外面的太阳很明亮
亮得往外看一眼
都生怕惊扰了正在开花的槐树

追问

被伤口拥抱的刺依旧是刺
乌云和乌鸦依旧是同伙
个人的痛
也是人性的痛
宇宙万物的因因果果
光与暗影的执着纠缠
有你有我的山河
我知道，是痛
让我不同凡响

“走进地狱深处的，始终是我”
这是我最大的感知
该如何和压在心里的火山道个别
谁又是谁，谁又不是谁

梦中飞鱼

栀子花开
人人皆飞

拖着百斤步履攀登高楼
一词魂飞魄散
一词起死回生
昨夜雨未言
青苔静静长

西藏之夜

西藏晚上九点，太阳仍活着
品味一杯摩卡
映照出心的图案

今夜我有星星的言语
倾诉给你聆听
苹果树上的绿意是镜中花
拉姆拉措的回忆
我已习惯蓝中蓝

不去追问转经老人诵经为何
我与雪山同孤独，氧气般存在
生日和节日的祝福如经文
若无回音
雪山的白会更白

冰与火的对立

日光的意义将超越时空

终极源头，离不开整个地球

荷叶下的幻想

一条鱼飞入了荷叶水中央
猫咪在池塘旁盯着它看或抓
荷叶之外是广阔的水域

猫咪是想救鱼还是捕鱼
让画家感到有画的灵感
让诗人感到有诗的题材

我想和猫咪以及鱼儿对话
为什么有广阔的水域不回
为什么有老鼠见了猫不逃

梦里还一梦

麦浪随风梦见你
背景格外上镜

半个月亮的边缘
我依然和你在一起

麦浪被误认为金黄的海
挑战现实与幻想的海

清晨你的离去
如梦里还一梦

象往昔，情天长

公路旁，母象哀求呼声扰

自室（当时无人懂象语，几乎没有车辆停下来）

小象陷于深坑

人类与母象共同解救

苍穹下交集的点滴

像极了某个雨天

雄巴拉曲神水

她的名字如神明般传遍世间
神水，闪耀着蓝宝石般的光

有人称她为雄巴拉曲神水
有人称她为神圣之盆

她源自莲师手杖插入大地
神水，顺着心中的力量升腾
化作辽阔无垠的蓝色海洋
孕育出洁白如雪莲花
绚烂如格桑花

涌入田园，绽放出青稞的绿波
抑或，拂洗身躯

百毒不侵

凡是目睹她的人，心中涌动着力量的源泉
像极了我正在吃的菠萝蜜多

虚空之影

你主观编织。你说麦子
如珍宝堆满的仓库，难以
抵挡你肩负的重担。去喂马，去放羊，
麦子在王国中成长。春儿佩戴的耳环
穿透了前半生另一只耳朵

窗外的雪山你几乎读尽
心里吟唱《红楼梦》，复兴的本真
隐藏者非终点，亦非起点。

杯中的影子，颇具
诗意的构图
描绘着过去和未来的交织

罗刹海市的诗意风景

杨树硬是被我看出了诗意
好像在抚摸着我的心灵

树枝晃来晃去
让我忘记了所有的所有
太阳洒下金色
又现了形

天空连接着大海
罗刹海市是一个地方
我的心情像北极星

杨树点缀着整个季节
像极了昨天中的昨天，明天中的明天，
唯独不像今天

冰镜

追寻着雪的源头与命运

山巅坚信大海是无法抵达的存在

喝一口水

一连串在内心交织

水无我，镜无心

其实每一个决定都是你所追求的

坐在老家门口

家门口的李子树比我年龄还大
她和井仍供养我这个归来的旅人

马齿苋没完没了地生长
螃蟹、鱼虾仍在留守
飞机飞过我的头顶
无法述说四人，如今只剩三

井边洗衣的姑娘已陌生
我是收割哀伤最纯粹的人
以回忆，抗拒岁月侵蚀与衰老

王者坐席

江油李白故居的台阶上
蚂蚁的盛宴正在举行
我激动地融入这场宴会
一只蚂蚁坐在主位之上

蚂蚁有着统治者身份
即便人群来来往往经过台阶
它依然尽情享用冰淇淋

经过并非只是简单路过
路过也并非只是经过

风的祈愿

我的爱是一阵风，是
云卷云舒的
麋鹿。在沼泽地里
继续奔走
祈求它生生不息，欢喜
幸福地忍受着
落日和宰杀

落选

幸运之神未敲我门

我的Hz，落选

活着。就得继续向前

蚂蚁虽小，也是王

唯愿。我的Hz

遇见最美的自己

解谜

种个豌豆
还想让它长成葫豆
这是来自乡村老婆婆的话

不同地方飘来的风
布满了美好与丑陋

刺不穿的古董
偏偏被老婆婆揭穿

注定的流转

时光迷失在盒子的边缘

蚕食了青春的面容

秋叶在落日的天空

编织了回忆的画卷

马路交错成城市血脉

映衬着匆匆的影子

何妨沉浸于流转的情感

世界绵延尽是永恒的轮回

紫花印记

森林中的狮子被打败了
儿子也险些中毒
这朵紫色的花拯救了他们

我喝口清水
观察
他们有他们的风采
他们有他们的忧伤
被肯定或被忽略
都会是首歌的音符

微风试图冲破秋凉
追寻黑与白
掉落一地的色彩
弄得镜中的我
无言以对

中秋的月亮

淡黄色圆盘时远时近在眼里晃
白色与黑色之间只能水中捞

食之过甚的月饼是不消化的石头
你问我是否看到今晚上的月亮
我只能说
看见了一个月亮，就变了一张脸

寒露

最后一次雷响。枫叶穿透秋天
非要分出你我。雨季不再来

雀鸟掉入海中变回蛤蜊
我们清醒理解了花开花落

饮一杯菊花酒
跟着小鹿奔跑
即使躲不开冰天雪地的严酷
也要再次跨入童话的世界

措辞之痛

我正在读熊和蛇的争斗，正窃喜
太阳掉在屋内。僧给徒说了什么
欲言又止
徒儿们忙着清扫秋天的落叶
无法定义的词语，总有它为难的地方
有个叫慧能的一字不识，却成了六祖
如今，你告诉我：“2023年10月13日自绑双脚男子跳河自尽，
遗书已公布。误信传销储蓄被骗得精光。
离婚有一女还得承担抚养款、贷款等
人财两空。享年仅33岁。”

阳光始终未能照进每个人的胸口
我不敢说话，昨夜雪给山添了被
覆盖我不忍目睹的一部分
喝口发苦的水，于不忍中写下自己也说不好的措辞

参照

1.

猫咪躺床上睡了

连着风也躺下了

爱叫的狗已不知去向

我在屋里走来走去

《太阳照常升起》捧在手上

好像被点了穴

2.

禾苗在不同的山坡生长

果实有黄有绿

好奇心害死猫

太阳跳进来没好坏

你说她够成功

说自己垃圾

是不是参照物有问题

察瓦龙等梦[1]

十五岁的尼玛旦增

除了吃饭、上学、睡觉都在打篮球

学校操场、雪巴村篮球场

连着梦里梦也在篮球场。除去察瓦龙的石头不说，

这个少年所到之处要么在说篮球，要么就在打篮球的路上。

目的就是考上体校，当一名真正的篮球运动员。

尼玛旦增像极了蒲公英

终丁落在 处，说，看来只能搞“等梦”

1 “等梦”为林芝市察隅县察瓦龙乡一项古老而神秘的仪式，据传已有五六百年的历史。这个仪式是在桃花树下进行的，有梦想的人们会在树下度过一个晚上，寄托自己的心愿。如果幸运的话，神仙奶奶可能会在这个晚上送梦，实现自己的梦想。

猫咪，你叫的“喵”是什么

我没养猫时

看见猫，总会多看两眼

“喵喵”唤你，你瞄都不瞄我一眼

“喵喵”你总是神出鬼没

我听不懂你的话，也不知道你为何抓来抓去

现在，我养了你快两个春秋

再唤。“喵，喵，”你还自以为是虎

我也只能安慰。想写好诗，得养好猫

“喵喵，”你是“喵”中的诗，还是诗中的“喵”

是妙是“喵”，是“喵”是妙

“喵喵”，我在山海经里都没找到你这种“喵”

还是我这种“喵”。都是“喵”

不懂。却还在“喵喵喵”

壶口瀑布

比《山海经》还古老的瀑布
不只属于陕西和山西的哈达
还有彩虹

水雾飘来的清明，暖阳也来助兴
瀑布的回响，下海的路
是我给冬天写的一封信

永恒的密码，捉不住时光
领略新的城池，风会带我们去

不再想见的人就永远别再相见
穿越时空的人将永远追随自己

古往今来的瀑布，写下长长的故事
穿梭在流动的画卷之上

是否

穿过风雪掠过母亲的后背
蹚过冰凉的石头喂养孩子
结果被虎狼追散了一地

野鸭在天上飞。整个大地
荒凉格外抢眼

君子兰和龙骨草相伴一室，
你说，是否应该喂水

真实的镜头
我除了低头，束手无策。

穿过一秒的沉默

这一片白占据了天空
留下来的石头、君子兰
纵使被风吹过，蜘蛛网依然清晰可见

秋天不回来原来是被雪藏
看过的书和遇见的人
重新遇见

你让我猜，饿了站起来，饱了躺下是什么？
我说是筷子？你说是你自己？

一年又一年的雪在下
野百合也有春天还在唱
推理游戏再继续
而我，面对这片白
真不知从何说起？

天空的衣裳

你讲一个人该怎么穿衣行走
我心感观察力和创造力
忍不住告诉你，我爱着云和天空穿的衣裳

雪国，衣裳无关名衔与功勋
我穿了粉色外套
聆听一曲熟悉又陌生的旋律
林黛玉吃的“人参养荣丸”是存在的，白茫茫大地也是真实的
还有镜中花，水中月，你能说花月不存在吗

头发剪了又长，长了又剪
发式不能左右装束，装束也难左右头发成长
抬头，对着真爱呼喊扎西德勒
看到了我们身旁的云依旧是白色

套鹅

与其说她套鹅是为一双限量版鞋
不如说她来了一场自导自演的爱情
耗尽她所有资本也没能套住鹅
换来的却是一只毛毛虫

一次次失败的套鹅给我印象太深了
分不清是想套住鹅还是套住人

明明心里想套鹅传情送鞋，偏偏却成了风中烟
明明心里想和春天有个约会，偏偏有人唱起夜未央

凛冬暗思

纳木措是水是冰
昨夜，猫钻进了被窝

最亮的一面，最暗的一角
都在远离我

勇气、激情、期待
是绿色的骨头

屋外的山换了呼吸
猫怕冷，继续酣睡

一个深夜才出门的人
你说他心里没个人

雪后

扫雪奶奶说，这里是不是该有个雪人
一个脚印到另一个脚印
白色带来的礼物

大地换了一身衣
阳光也来凑热闹
雪光中女人格外的纤细
风和脚印继续写诗画画

我感觉有些不适，你却说：车子也感冒了
不能说她迎来了寒冬
我们只是个旁观者
白色正在焕发新活力
活120岁就不是不可能

春

我怎么能不开心
雪化了成滚滚清泉

春天的气息谁能抗拒
蛇都睁开沉眠的双眼

谁比谁更懂得春意
诗是隐藏的源泉和初心

躺在草丛的我被阳光叫醒
爱我的人和我爱的人
好似春无声，但从未停止

红井

瑞金那口井
如神明
照亮乡土老幼的心田

沙洲坝一个人带领群众
开凿此井
红色长成了红色

一口井无法滋养整个国家
赣江一滴水却能追向大海

井水似镜
从不偏爱
看一看，清清楚楚

文成公主与松赞干布

吐蕃：我的另一个名字

1382年前的一个夜晚，当时我还叫李雪雁
我在长安触摸过那些花草，最后都长成了熊猫
扰乱了我的天空，净地，飞雪，黑黢黢的皮
我给了禄东赞一块绿松石和一条绸带，考验他是否能将绸带穿过绿松石的小孔
最终连蚂蚁也助阵，这块石头露出了空隙
文成公主——成了我的第二个名字

天色黑了，安坐于月亮前的脸
宝镜成了我药
天亮就启程。三年进藏，九年为后，三十一年寡居
痛饮阳光，纺织行医，传扬佛典，才可能目睹塔黄四十年开花一次

大唐啊，我是你月光下的一朵莲
崇高而悠远，穿过暗影，化身为绿度母
笃信神佛，穿戴蕃服，口吐蕃语，摔碎宝镜
将水重新立起

我是否是一只被染了色的九色鸟
站在群山面前，依然内心激荡
那心跳声，如倒卧的河水，如此真实
无法再相见，一切的一，一的一切
以及宇宙的秩序。只有让时间细细诉说

我种下的和平花园。王朝的心脏
跳动得稳定而坚定。播下的种子，坐熟的春秋
雅砻河的石头最懂

曾经，我是公主，亦是王后
红宫如旧，释迦牟尼重回十二岁
香雾的香，一直散发着的香味
大唐，吐蕃。吐蕃，大唐
感谢你赐予我爱的能量
足以让我庄严宣告，吐蕃是我另一个名字

松赞干布：思念成河，奏响新生的序曲

自柏海归来，赞普心神洋溢
会说话的眼睛，白云留下的白。
禄东赞在大唐努力付出，我终于喜笑颜开。

正午蝴蝶在帐篷上飞来飞去
阿妈诵唱着“龙神来了来了，去了去了”。
雪山巅上的雄鹰还未有过迎娶王后的荣耀。
吐蕃的子民们忙碌地准备哈达、服饰、酥油、乳酪、牛羊
欢迎文成公主的降临，必定带来新生和变革。

顽固的俄梅勒赞敬仰着湛蓝的天空
披着蓝色的袍服，脸上戴着蓝色的面具
赞普注视满地牛羊，慈祥如父
渐渐融入独特的一部分

太阳普照大地，如金色的佛钵
照耀王朝的心灵。赞普充满期待写下了史无前例的第一封情书

文成公主：月亮背后的告白

自从离开柏海起，我感到笑容少了些无知
琴弹绣花行医传播种子，在我踏足之处
第一棵柏树扎下了根基，它未曾知晓它将成为寓言。

“有个牧民姐姐在难产时，我及时赶到为她接生，
为她的孩子取名为达瓦”。不同的声音在蓝天下绽放成一朵鲜花。因为你，就因为是你。

一路上，风和水都带着你的气息。
此刻，我想告诉你
赞普，有一样东西叫作金色木碗的孤独
还有一个愿望叫我只思念你，没有其他的心愿。
我制作了一个与我同等大小的你
让彩虹依托，好让你能抬头看见，低头思念。

拉姆走近我，注意到我左手戴反了玉手镯
慌乱得我像只兔子般冲出房屋
背朝着月亮，说出了你想听的话语